나라서 살아왔던 세상

The world I lived in because I am

나라서 살아왔던 세상

지 은 이 정기성

1판 1쇄 발행 2020년 5월 12일

저작권자 정기성

발 행 처 하움출판사
발 행 인 문현광
교 정 신선미
편 집 홍새솔
주 소 전라북도 군산시 축동안3길 20, 2층 하움출판사
I S B N 979-11-6440-144-4

홈페이지 http://haum.kr/
이 메 일 haum1000@naver.com

좋은 책을 만들겠습니다.
하움출판사는 독자 여러분의 의견에 항상 귀 기울이고 있습니다.

이 도서의 국립중앙도서관 출판예정도서목록(CIP)은 서지정보유통지원시스템 홈페이지(http://seoji.nl.go.kr)와
국가자료종합목록 구축시스템(http://kolis-net.nl.go.kr)에서 이용하실 수 있습니다. (CIP제어번호 : CIP2020016979)

오직 나라서 살아올 수 있었던
지나간 순간을 그리워하는
모든 이를 위하여, 또
그냥으로 살아가기엔
잊지 못할 순간을
그리는 모든 이를 위하여

과거에게

고맙구나, 내가 있을 수 있게 해 줘서
고맙구나, 흘린 눈물이 나라는 싹을 트게 해 줘서
고맙구나, 밝게 웃던 웃음이 해가 되어 싹을 자라게 해 줘서
고맙구나, 나라서 살아올 수 있던 모든 순간에

참 고맙구나

4년 동안의 기록입니다.

첫 말을 무엇으로, 끝에는 무엇으로 맺음을 지을지
생각해 본 적 없는 유치한 이것은
제 개인적 생각을 적는 노트일 수도
일기장일 수도 있겠습니다.

이 책에 존재하는 첫 글의 나와 마지막의 나는
어느 정도 다른 사람이 되어있었고
제 노트를 우연히 접한 당신은 제 변화에
이질감을 느낄 수도 있겠습니다.

그럼에도 당신이 이 글을 읽기를 소원합니다.

일기장.

문득 생각나는 것들

예전

지금 생각하면 마냥 그리운 순간에 한 여자와 연애를 한 적이 있었다. 연애와는 거리가 멀고 부끄럼이 많았던 그 순간에는 하루하루가 긴장의 연속이었다.

처음으로 사랑을 알게 되었고 조금이라도 방심을 하면 촛불처럼 꺼질까 겁이 나던 시절, 그녀와 있을 때에 밥 한 숟갈을 먹을 때에도 입에 묻을까, 발걸음은 내가 더 빨라 혹시나 힘들어하지 않을까, 내 웃음소리가 혹시나 그녀에게 괴랄하게 들리지 않을까 사소한 것 하나까지 생각하던 그 시절, 지금 생각하면 어떻게 그렇게 최선을 다하여 나라는 사람을 포장해 왔는지 신기할 정도다.

그때 그 순간만큼은 내가 했던 모든 행동을 계산하고 저울질하며 불만사항을 생각해 보지는 않았다. 그냥 그녀가 날 사랑하는 것 같았으니 날 보고 웃어 주니 이런 날 좋아하는구나 생각하고 말았다.

주위 사람들은 구태여 나를 포장하며 연애를 할 필요가 있냐는 말을 종종 하곤 했다. '그런 연애는 오래가지 못할 것이다'라는 말과 함께.

하지만 나는 타인의 생각과 다르게 그녀와 만남을 꽤나 길게 가졌다. 어린 열아홉이라는 나이에 해가 네 번 바뀔 동안, 열하고도 다섯 번의 계절이 바뀔 동안 만남을 유지했으니 사실 지금도 그때만큼의 긴 연애를 해 본 적이 없다. 그리고 앞으로도 그때만큼 참혹했던 연애는 할 수 없을 것이다.

눈길

죄 없이 하얗고 곱고 어여쁜

모습의 눈길의 온도가

그때의 나를 보는 당신의 눈길처럼 차갑다

화창한 어느 날

내린 눈이 하릴없이 내 마음에 다른 모습의

눈길로 찾아오는구나

닮다

가만히 타오르는 작은 불을 보고 있으니
빨강 주황 노랑 예쁜 색들이 섞여 모여
형체도 없는 것이 시선을 빼앗더라

분명,

잡을 수도 가질 수도 없는 것인데
애써 손으로 꽉 쥐어 버리면
그 아름다움은 사라지고
시들한 연기가 뺨을 스쳐 지나가며
내 손에는 붉게 상처만 남는 것인데

그것이 너무 아름다워 욕심내 잡아 보고 싶다가

문득,

너와 참 닮았구나 생각하다 깨달았다
환하던 네가
무엇보다 밝게 빛나던 네가
연기처럼 사라져
내 세상을 어둡게 만든 것이

비단 너의 책임만은 아니란 것을

무엇인가

봄이 가니 뜨거운 여름이 찾아왔고

가을이 가니 차가운 겨울이 찾아왔다

얼핏 보면 비슷한 것이

지나고 나니 너무 다르더라

욕심

희생을 사랑이라 말했다
사랑은 부단한 노력이라 믿었다

그것이

내 뺨을 긁고 지나가는 매서운 겨울바람보다
더욱더 빠르고 아프게 지나갈 때

나의 뺨에 작은 설움이 흘렀다

내가 한 희생과 노력이
당연히 보상받을 것이라 믿었던 무지함에

시간이

흐를수록 우리 둘의 다툼은 잦아졌다. 너무나도 어여쁜 그녀가 술을 마시지만 않는다면 세상을 살아가는 데 더 이상 소원이 없을 정도가 되고 술을 증오하기 시작했다. 예전에는 마냥 좋던 그녀와의 술자리마저 싫어졌다. 술에 대한 증오가 두터워질수록 그녀와의 술자리는 항상 싸움으로 번지기 일쑤였고 서로의 이해를 바라며 각자 자신의 마음을 이해해 달라고 푸념하기 일쑤였다. 맞지 않는 퍼즐을 억지로 맞추려는 것은 아닌가 하는 생각이 내 머릿속을 휘저으며 돌아다니고 있었다.

하지만 맞지 않는 퍼즐이라고 생각하기에는 이미 그녀는 내게 너무나도 큰 존재가 되어 있었다. 그녀와의 이별이, 내겐 취기가 올라온 그녀를 보는 아픔보다 클 것이라는 생각이 나를 덮쳐 오니 덜컥 겁이 났고 그 슬픔이 공포와 섞여 나에게 밀려왔다. 나는 너무 나약했고 작고 초라했다. 그 참혹하리만치 어두운 그림자를 나는 도저히 이겨낼 자신이 없어 도망치듯 해결책을 찾아 나서기 시작했다.

달콤했던 밤 꿈도 쫓아내며 그녀와 나 사이의 줄을 놓지 않게 버티며 하루하루를 억지로 삶에 우겨 넣듯 살아갔고, 답을 찾지 못할 것 같을 즈음 '내가 시선을 바꾼다면 이 지긋지긋한 마음의 파도가 잔잔해질까?'라는 생각이 들었다.

나는 그녀를 이해하는 척을 하기 시작했다. 그러자 그녀
도 나의 마음을 알았는지 지나간 날들보다는 나를 생각해
주는 듯했다. 다시 예전으로 돌아온 듯했고 그녀와의 다
툼이 줄어드니 구름에 가려 있던 태양이 모습을 드러내듯
그녀의 장점과 마음 속 고마움을 비추고는 여과 없이 나
에게 환하게 다가왔다. 그동안의 나의 시선이 밝은 그녀
를 감춘 먹먹하고 커다란 먹구름이 아니었을까 하는 생각
이 들었다. 비도 내리지 않는 환한 날이 계속되었다.

그리고 그것은 곧 가뭄으로 이어졌다.

일상

꿈에만 있는 줄 알았던

상상 속에만 존재하는 줄 알았던

어여쁜 이야기는

시선을 바꾸는 순간 시작됐다

굳다

제가 궁금해서 신기해서

행동에 호기심이 생겨서

단순 그렇게 다가온 거라면

그렇게 굳어주세요

멀어지지도 더 다가오지도 말고 그냥 그렇게

여름 단풍

그냥 붉다 한다

모두가 붉다 하니 그냥 붉다 한다

내 모습을 보지 못해도 붉다 한다

그렇게 편견은 사실을 증명하듯

붉게 물든다

누가 알까

그냥 걷고 싶어서,

그냥 걷고만 싶어서

땅은 마르고

그것을 이기지 못했다.
아픈 기억이다. 그냥 그렇게 이별을 맞이했다.
무엇이 문제였는지 하나부터 열, 그 이상까지 찾으면서
발버둥치기 싫었다. 단지 우리는 평범하게 사랑을 했으며
이별을 맞이한 거라고, 예뻤던 그림은 마음속에 놓고 시
간 지나 다시 들여다볼 때에 그 어여쁜 색에 미소를 지으
면 그만인 그런,
구태여 어떤 일이 있었고 어떻게 연의 실이 얽혀 만남의
길섶에서 이런 결정을 내리고 엔딩을 맞이한 것을 적고
싶지 않다.
비단 누구의 잘못도 아닌 나라서 살아왔던 시간이라 생각
하기에.

바람

형태도 없는 것이 나를 와락 안고는 떠났다

잡을 수 없었다

스치고 지나갈

바람이었기에

멀어지다

너의 눈빛이

너의 말이 무섭다

날 향한 게 아닌 것 같았기에,

아무것도 아닌 작은 것들이 차갑다

우리 사이 뜨겁던 불이 꺼진 것을 알고 있기에

안녕

처음 너의 두 글자가 날 멎게 했다.

그리고

이번 너의 두 글자가 날 멎게 했다.

사람과

사람이 만나 섞이는 것은 참 재미있다. 성격도, 얼굴도, 목소리도 모든 게 다른 타인을 알아가는 것.

어릴 적부터 다른 사람을 만나는 것을 나는 재미있어했다. 서로 다른 색이 모여 완성하는 놀이라는 생각도 들었다. 그러다보니 자연스럽게 나는 사람과 사람의 관계가 마치 도화지에 색칠하는 것 같다는 생각을 하게 되었다. 타인과 타인이 만나 하얀 도화지를 펼친다고, 서로가 통하며 많은 그림을 그린다고, 무엇을 먹는다든지 무엇을 본다든지 어딘가로 떠나는 즐거운 것을 몽땅 도화지에 점점 채워가면서 그림이 완성되는 그런, 다른 색과 색이 만나 형체를 갖추는 것.

서로 의지하고 견디며 흘린 눈물은 딱딱한 고체 물감을 녹여 더욱더 예쁘게 색칠을 하고 반대로 시기와 질투 미움으로 흘린 눈물은 우리가 그린 그림에 떨어져 그림이 번지고 종이가 젖어 쉽게 찢어질 수 있다고, 그리고 그것이 말라도 종이가 울어 다시는 그 예쁜 상태로 돌아갈 수가 없다고 생각하며, 누군가를 만나 새로운 그림을 그리는 인연이라는 놀이를 좋아했다. 욕심내어 동시에 여러 그림을 그리다 내가 버거워 그림을 포기한 적도 있었다.

한때는 한 그림에만 집중해 다른 도화지를 비워 놓은 적도, 시간 지나 조금씩은 그림 그리는 법이 늘었다. 기다리며 급하지 않게 천천히 물감을 도화지에 바르고 예쁘게 굳고 다시 천천히 칠하는 법 아직 완성되지 못한 그림들이 많다. 아니 아마 내가 마지막 날까지 끝나지 못할 그림들이다.

그런 쉼 없는 그림을 나는 그리면서 살고 있다. 조금씩 예쁘게 아름답게 칠하며 살아내고 있다.

사진

인간이 유일하게 시간을

훔칠 수 있는 방법은

작은 네모 위 셔터를 누르는 것이라고

쓰러지지 말 것

당신의 입에서 나오는 말이

꽃같이 어여쁜 말이라면 분명 타인의 입에서도

그 말이 나올 것이다

혹여나 아니라면

비단 당신의 책임이 아니니 낙심하지 마라

상대방이 더 큰 어둠이라는 증거니

내 SNS를 보면

재미있는 게 많은 것 같다. 내가 내 것을 보아도 아니면 다른 사람이 내 것을 보아도 참 볼 게 많다고 듣는 편이다. 관심 받는 것을 좋아해서일까? 그냥 내 일상을 올리는 게 좋다. 마치 일기장처럼 열심히 적어 나간다. 사진을 올리고 생각나는 것을 쓴다. 아마 이 책에 담겨 있는 말들은 대부분 내 SNS에 적혀 있을 것이다.

항상 생각해 왔던, 또는 생각난 것을 기록하는 습관 때문에 그것이 일기장처럼 변해 버린 것 같다. 이 책을 읽는 것이 지루해질 즈음이면 사실 내 SNS를 구경하는 것이 더 새롭고 재미있을 수도 있다는 생각을 이 글을 적으면서 해 봤다. 앞서 말했지만 나는 사람과 사람이 섞이는 것을 좋아한다. 그것은 SNS에서도 통하는 것 같다. 누군가를 알게 되면 나는 그 사람을 팔로우한다. 다른 사람을 보는 것을 좋아하기에 그 사람의 일기장을 당당하게 볼 수 있다고 생각하기에 누군가는 SNS가 독이라 하지만 나는 그렇게 생각하지 않는다. 배운 것도 배울 것도 많다고 생각하기 때문이다. 하지만 내가 싫어하는 것까지 볼 필요는 없다고 생각하기에 구태여 억지로 보지는 않는다.

그렇게 아는 지인과의 팔로우를 끊은 적이 있다. 그 지인의 SNS에는 수많은 욕설이 쓰여 있었고 나는 그것을 보기가 싫어 팔로우를 취소했다. 그러자 몇 분 뒤 한 통의 연락이 왔다. 그 지인이었다. 지인은 화가 난 듯 자신의 SNS 팔로우를 왜 끊었냐고 물었다. 나는 지인에게 보기 싫은 게시물을 보는 것이 의무라고도 생각하지 않기에 그냥 와

맞지 않는 것이 올라와 불편해 끊은 것이라 말하니, 그 지인도 나를 취소했다. 그리고 나와의 연도 끊을 것이라 말하고, 오랜 시간이 지난 지금도 연락이 오지 않고 내가 먼저 하고 있지도 않다.

뭐, 그런 일이 있었다. 이 일도 비단 누구의 잘못도 아닐 것이다. 악의 없이 한 내 행동은 그 사람에게는 마음의 상처가 되어 좋지 못한 기억이 됐을 수도 있겠다는 생각과 함께,

그렇게 한 도화지의 그림이 끝났다. 완성되지 못한 그림으로.

소통

이 글을 보는 당신에게

"모순된 저를 구해주세요"

어딘가에서 구조편지를 보냅니다.

촛농

뜨겁게 타고

흘러내려 어떠한 형태로 굳을지 모르겠구나

평소

저는 여러 가지를 하며 살고 있습니다. 이렇게 글을 쓰거나 가끔은 그림을 그리기도 하며 사진을 찍으러 나가기도 하며 책도 자주 읽습니다. 연기를 연습하거나 촬영을 나가기도 하고요.

제 나이에 비해 저는 자유롭게 살고 있습니다. 정해진 시간에 출근을 하고 정해진 일을 하고 비슷한 시간에 퇴근하여 시원한 맥주로 하루를 보내지는 않으니까요.

삶에 즐거운 일을 업으로 한다는 건 생각보다 멋진 일이 분명합니다. 촬영을 나가면 스트레스 받기보다 재미있고 많은 사람들을 만납니다. 일이라는 개념보다는 놀러 간다는 표현이 더 어울릴 정도로, 더 엄청난 건 놀고 있는데 돈까지 벌 수 있다는 겁니다. 정해진 규칙이 없어 제가 하고 싶을 때 하고 쉬고 싶을 때 쉬는 그런 너무나도 멋진 일, 그렇게 살아가고 있습니다.

신호등이 깜빡인다고 구태여 급하게 건너려고 하지도 않고 버스가 언제 오는지 계산하며 정류장으로 향하지도 않습니다. 그냥 그날에 저를 흘려보낸다는 생각을 가지고 사는 사람이네요. 이렇게만 말하면 너무나도 행복한 사람이네요.

삶에 고마움을 가지고 있지만 욕심이 많은 성격 탓에 지금껏 미뤄 놓은 글들을 정리해야 직성이 풀리고 사진 찍은 것을 담긴 사람들에게 보정을 하고 보내 주어야 하며, 쌓아 놓은 책들을 읽어야 하는 부담감으로 억지로 시간을 내어 책을 읽을 때도, 촬영이 오랜 기간 잡히지 않으면 불안에 떨며 우울감이 찾아옵니다. 촬영은 신나지만 감정 소모를 과하게 하는 것이 아닌가 하는 생각을 하루에도 수십 번씩은 하는 것 같고요.

직업의 특성상 인간관계를 잘 유지해야 한다는 압박감에 억지로 연락을 하거나 가기 껄끄러운 자리도 마다치 않고 가야 하는 것에 스트레스를 받습니다. 즐거운 일을 하는 만큼 양보하고 견디어야 하는 게 많은 것이라는 생각을 하며 살고 있습니다. 그러다 보면 그게 가끔은 견디기 힘들 때가 찾아옵니다.

그럴 때마다 뺨에는 작은 설움이 흐릅니다. 사실 이 모든 게 제가 가진 생각 때문이라는 것을 저는 압니다.

눈치를 보지 않고 연락을 하지 않으면 되고, 무료로 부탁을 받아 사진을 찍어 주는 것도 그냥 거절하면 된다는 것을, 책은 생각이 날 때 펼쳐 내가 간직하고 싶은 글이 나올 때 덮고 다음을 기약하면 된다는 것을, 뻔히 다 알고 있는 이 모든 게 마음처럼 되지 않습니다. 그러다보면 불평은 자신이 살아가면서 일부러 만드는 게 확실하다는 생각이 듭니다. 고민에 고민을 물고 행복에 트집을 잡는 짓을 반복하며 수많은 장점을 보지 않고 하나의 단점을 보며 살아가는 게 맞는 사람처럼 말입니다. 사실 삶을 대하는 태도를 바꿔야 한다는 것을 알지만 왜 이렇게 행동하는지 참으로 웃깁니다.

세상을 살아가면서 항상 행복할 수는 없지만 항상 불행하게는 자신이 만들 수 있을 것 같은, 마치 행복의 길섶에서 있듯이 언제든지 떨어져도 이상하지 않은 게 제가 살고 있는 세상인가 봅니다. 불행은 자신이 만드는 것이고 저는 그것을 계속 만들고 있는 장인 같은, 내 행복을 한

곳에 부어 재료로 만들고 불행을 빚는 일을 이제는 끝내야 한다는 것을, 분명히 아는 사람입니다.

이 글은 당신에게 보내는 제 한탄이 담긴 초라하고 저를 낮추는 편지입니다. 이 삶에 대해서 저는 알 수 없지만 당신은 알아가길 바랍니다. 고맙습니다.

버팀목

혼자 있으면 아무것도

아닐지 몰라도

당신이 다가온다면

무엇이 되리라

내 것일 때

가진다는 것은

그것을 잃어버릴 수도 있다는 것

그래서 사실

잃어버릴 수조차도 없는 것

이제부터

편히 말하렵니다. 위에서 제가 어떤 사람인지 아주 작고 희미하게는 아셨을 거라 생각하고 조금은 가까워졌다 생각하여 저는 이제 당신께 주저리주저리 말하렵니다. 읽는 다는 것보다 그냥 들어 주시기 바랍니다.

당신이 누구인지 저는 알지 못합니다. 하지만 저는 제가 누구인지 알기에 제 이야기를 들려주고 싶습니다. 당신과 의 도화지에서 일방적으로 그림을 그리려고 합니다. 저는 제 색을 도화지에 그릴 테니 당신도 붓을 들고 지금부터 그리는 그림에 같이 섞였으면 합니다.

가끔

웃기는 생각을 합니다.

내가 사랑을 시작해서 그 사람과 말과 말의 꼬리를 물고 말을 이어나가는 그런, 내가 보내는 말로 그 사람의 귀에 도착했을 때 그 사람의 입에 초승달 아니면 반달이 생기게 하는 그런, 아무것도 하지 않고 마냥 같이 걸으며 다리가 아픈 줄도 모르고 밤을 넘기는 그런, 하릴없이 기다리다 서로를 보고 아무렇지도 않은 척 연기를 하는 그런, 무엇을 줄 때 그것을 주는 게 아니라 웃음을 받는 그런, 생각 없이 생각하는 그런, 자주 읽는 책에서 그 사람을 대입해서 웃거나 우는 그런, 무표정이 신경이 쓰이는, 가끔 웃기는 생각을 합니다.

그러면 내 삶이 행복해질 것 같은 생각이 들기에

혼자 그렇게 생각에 생각을 물고 이어지는 놀이를 하며 밤을 보낸 적이 있습니다. 어린아이가 놀이터에서 열심히 모래성을 만들고 이른 저녁 집에 들어가서 숟가락을 두 번 세 번 두고 다시 놀이터에 갔을 때 없어진 모래성에 아쉬워하지 않는 것처럼 그저 그 상황을 즐기듯 그렇게 말입니다. 그런데 내가 한 생각들은 실제로 일어나면 사실 마냥 멋지고 아름다운 일만은 아닐 것입니다. 그냥 생각이기에 저는 마음속에 넣어만 둡니다.

그때가 제일 행복할 것 같아서.

어찌하나

눈꽃아 널 하나하나 모아

움켜쥐고 나면

어느새 녹아 흐르는구나

가지지 못했으니 잃은 것은 아니건만

아닌 밤중 찾아온 것에

눈이 멀어 널 흘려보냈다

불과 물

타오르니 없어지고

밀려오니 없어진다

둘은 형태도 없는 것이

누군가에겐 꼭 필요하니

존재는 하되, 서로는

넘보지 말아야 할 것이구나

생각에 잠겨

잠을 잘 못 이루는 경우가 종종 찾아옵니다. 요 며칠은 밤을 너무나도 괴롭게 지냈습니다. 그럴 때면 어김없이 다음 날이 피로하고 몸이 무거워집니다. 발걸음을 되돌려 다시 집 안으로 들어가 이불 속에 숨어 달콤한 잠을 자고 싶어집니다.

그러나 정말로 집 안에 들어와 이불 속에 숨는 순간 이불 속은 수많은 생각이 헤엄치는 어항이 됩니다. 오늘 하루는 어떠하였는지 앞으로는 어떤 일이 벌어질지 요즘 내가 너무 나태하진 않았는지 내가 과연 잘 하고 있는 것이 맞는지 이어 내일 몇 시 기상을 해야 하는지 그렇기에 내가 잘 수 있는 시간은 얼마나 남았는지 등으로 다시 잠을 청하지 못합니다.

이런 아둔한 모습에 저는 다시 피곤이라는 친구를 옆에 두는 것을 반복합니다. 참으로 웃기는 일이지요. 해가 뜬 세상에 서는 몰려오는 잠과의 싸움을 이겨내는 것도 달이 뜬 세상에 서는 달아나는 잠과의 싸움에서 지는 것을 반복합니다.

한때는 너무 괴로워 몸을 가누는 것조차 힘이 들기 시작했습니다. 그때 제가 제 자신에게 웃기는 말을 했습니다. '생각에는 무게가 있나 봐. 생각이 많아져 몸이 무거워지는 것을 보니 생각에는 무게가 있는 게 분명해! 누가 내 키가 왜 작냐고 물어보면 생각이 너무 많아서 나를 꾹-꾹 눌렀다고 해. 그래서 그 무게 때문에 클 수가 없었다고 해, 그렇게 해.'

그 순간 혼자 큭큭댔습니다. 그러니 몸이 무거운 게 이상하게도 마냥 괴롭지만은 않았습니다. 이런 날도 지나가겠지, 이런 바보 같은 날들도 후회가 후회를 무는 이런 날도 지나가겠지,

이제 탓하지 않기로 했습니다. 이런 모습을, 행동을, 나를, 하루를, 탓을 하지 않기로 했습니다.

문득

글에 대한 무게를 느껴 한동안 글을 적지 않았습니다.
단어와 단어가 만나 이야기를 꾸리는 내가 이 글을 쓰며
느끼는 것은 무엇인지라는 생각을 깊게 했습니다. 머리가
아파 원래 하던 일에 더 치중하거나 회피했습니다.
항상 도망치는 것에는 능숙하고 습관이 되어 있어 힘든
나날을 보낸다거나 글에 대한 스트레스는 받지 않았습니
다. 오히려 조금은 더 가벼운 마음이 되었습니다. 그러다
작은 소소한 취미가 생겨 펜던트를 제작하기 시작했습니
다. 부자재들이 모여 예쁜 모습이 되어가는, 그리고 그것
을 보는 타인에게 예쁨을 받는 무엇이 된다는 것, 너무나
도 매력 있고 재미있는 일을 발견해 아이처럼 신이 났습니
다. 8살 때부터 알고 지내던 친구와 마음이 맞아 펜던
트 제작으로 작은 소소한 마켓을 하나 열었습니다.
취미가 일이 되니 할 것이 너무 많아졌습니다. 상품의 이
름, 상품의 모양, 물량, 가격, 원재료, 홍보 비용, SNS의
활용 등, 취미로 했던 그냥 아이처럼 순수한 마음과는 달
리 조사할 것과 자신이 투자한 돈은 꼭 찾아야 한다는 이
상한 중압감도 다가왔습니다. 글을 쓰기 바로 직전에도
사이트를 오픈하고 왔습니다.
참으로 신기하지요. 취미였던 글도, 취미였던 펜던트 제
작도 일이 된다 생각하니 다시 한번 도망치고 싶어 하는
제 모습, 언제 즈음 이런 겁쟁이 같은 삶이 끝이 날까요?
과연 이 일이 어느 정도 무게가 된다면 나는 또 도망칠까
요?

적고 있는 모든 말은 아마 도망자인 제가 쓰는 예고장 같은 것이겠지요.

모든 것은 예고편이 흥미진진하니까요.

툭

세상에 툭

눈을 떠 보니 세상에 있더라

나는 나무 내가 행동하는 모든 것은

날씨가 되어 나를 만들어 주겠지

커피 한 잔을

마십니다. 당신을 볼 때는 제가 꼭 무언가를 마시고 있습니다. 그것이 적당하고 유일한 핑곗거리일 수도 있으니 말입니다. 카메라가 아닌 것이 무엇을 담아 보겠다고 계속 바라보고 있으니 저는 무엇인가 생각합니다. 사실 무작정 바라만 보지는 않습니다. 당신이 먼저 다가와 말을 걸어 줄 때도 있고 먼저 손을 내밀어 줄 때도 있으니까요. 그럼에도 그냥 바라만 본다고 표현을 하는 이유는 제가 당신의 눈이 향하는 곳을 알기 위해선 저는 수많은 질문과 제가 내려놔야 하는 것들이 많아서일 것입니다. 그곳을 조금은 알았다 싶으면 당신의 눈길은 어디론가 다른 곳으로 다시 향하는 느낌이 듭니다. 보면 작고 어여쁜 것이 계속 보고 싶고 하릴없이 좋지만 보지 않고 있을 때에는 어두운 것들이 다가와 제 밤을 삼킵니다. 그때마다 저는 빛이 있던 시간에 당신을 생각하며 당신과 그리고 싶은 그림들을 멈추고 붓을 내려놔야 할까 생각을 합니다. 같이 그림을 그리고 싶다가도 물감 없는 붓질은 도화지만 적신다는 것을 저는 알고 있으니까요. 당신과 그림을 그리고 싶어 펼쳐 둔 도화지는 어느새 물만 적신 붓에 수많은 무의미를 그리고 끝내 울퉁불퉁 울어버려 예쁜 모양은 아니니까요. 그걸 알면서도 당신의 시선이 나를 바라보고 있는 것 같으면 저는 다시 도화지에 붓질을 시작합니다. 내 도화지는 점점 젖어 찢어질 것만 같은데 당신이 언제 물감을 짜 줄지 몰라 혹시라도 정말 작은 희망으로라도 내가 생각하는 그림을 같이 그릴 수 있지 않을까 해서,

또 나는 바보 같은 붓질을 합니다. 그리고 저는 그 붓질을 계속할 것입니다. 당신의 주머니에는 저와 아름다운 그림을 그릴 수 있는 가지각색의 물감이 들어있다는 것 정도는 알기에, 그 물감을 꺼내 줬으면 해서, 혹시라도 아차! 생각날 수 있으니, 나는 당신 앞에서 색 없는 그림을 그리렵니다.

해가 짧아지는

계절이 다가오면, 아마 따듯하고 투명한 유리로 된 집 안에 갇혀 밖을 보는 이가 있다면 사람들의 모습만 보고도 날씨가 쌀쌀해졌다는 것을 느낄 수 있을 만큼,

꼭 느끼지 않아도 보이는 것으로 알 수 있는 것.

그런 것이 많습니다.

하지만 그것들은 전부 자신이 어느 순간 한번은 경험했던 그런 것이겠지요. 그렇기에 옷이 두꺼워지는 이유를, 얇아지는 이유를 알 테니까요. 추위가 더위가 무엇인지 글로는 설명이 안 되는 것처럼, 진한 사랑을 했던 사람이 단 한 번도 사랑을 느껴 보지 않은 사람에게 사랑을 표현한다면 재미있는 일이 벌어질 것입니다. 무엇으로 어떤 단어로 설명을 할까요? 괴롭지 않은 불면증? 돈이 궁핍한 사람도 걱정 없이 돈을 쓰게 만드는 그런? 참 신기합니다. 저는 그 사람을 사랑해서 느끼게 하는 것 이 외에는 다른 방법이 없다고 생각합니다.

그러나 그 사람은 제가 사랑을 준다고 해서 사랑을 바로 알 수 있지는 않을 것입니다. 어쩌면 이 넓은 세상에 한 명쯤은 사랑이 무엇인지 모르고 생을 마감하는 이도 있을까 하는 웃긴 생각을 오늘 밤 한번 해 봅니다.

단어

별

달

꽃

작고 예쁜 단어가 자주 들리는 것에는

물음표가 담겨 있겠지

재미있는 이야기를

해 볼까 합니다. 몇 년 전 수원에서 자전거 한 대를 중고로 구입했습니다. 커다란 전기자전거였기에 혼자서는 어떻게 옮길 방도가 없어 용달차를 불러 실어 날라야 하는 상황이 왔습니다.

전화한 지 이십 분이 안 됐을까? 한 번도 용달차를 불러 본 적 없던 저였기에 생각한 것보다 훨씬 빠르게 온 용달차를 보고 깜짝 놀랐습니다. 곱슬곱슬한 잿빛 머리카락에 까무잡잡하고 중저음의 목소리의 기사님이 제 얼굴을 보시고는 "여자같이 곱상하게 생기셨네요."라며 인사도 나누기 전에 웃으며 다가오셨습니다. 그러고는 바로 자전거를 바라보시며 "꼭 닮은 자전거를 사셨네요. 바로 실어볼까? 하셨는데 뭔지 모를 친근감이 느껴졌습니다. 기사님과 같이 자전거를 싣고 끈으로 고정 후 도착지인 의정부까지 동행이 시작됐습니다.

기사님은 제게 많은 것을 질문하셨습니다. 나이, 하는 일, 자전거를 사는 이유, 가족 관계 등 여러 가지를 물어보셨는데 그런 일방적 질문이 오면 대답을 하는 말들이 이어지다, 기사님이 깔깔 웃으시면서 "우리 아들도 이렇게 저랑 이야기도 많이 하면 참 좋을 텐데요. 녀석이 아빠를 싫어해요! 저를 계속 피해서 제 아들 나이 때 친구들을 보면 궁금한 게 많아요. 어떤 생각을 가지고 어떻게 살고 있나."

그때 저는 첫 질문을 했습니다. "실례가 되지 않는다면 아들분이 왜 선생님을 싫어한다고 생각을 하는지 알 수 있

을까요?”라고. 속으로는 ‘아차! 너무 무례한 질문은 아니
었을까?’라는 생각과 함께 호기심에 그 대답을 기다렸습
니다.

기사님은 아무렇지도 않게 말씀하셨습니다. “애가 엄마가
없어요. 그래서 제가 키웠죠. 어릴 적부터 저는 맨날 일하
고 아들 녀석하고 대화도 많이 해본 적도 없었어요. 그냥
학교만 잘 보내고 뒤처질까 학원도 보내고 많지는 않아도
용돈도 쥐어 주고 그렇게 키웠어요. 그런데 아들이 좀 크
고 나니 염색을 하고 온 것 있죠? 그때 그 모습을 보자마
자 너무 화가 나서 아들 녀석을 몇 대 쥐어박았어요. 사
내자식이 염색하고 귀걸이하고 그러는 게 저는 무슨 동네
양아치가 된 것 같아서 깡패가 될 거냐, 하면서 엄청 혼을
냈거든요. 그런데 이 녀석이 요즘 사람들 다 한다, 이러면
서 대드는 것 있죠. 그때가 제 아들 녀석이 저한테 처음으
로 하는 말대꾸였어요. 그 이후에 애가 방황할까 걱정돼
서 밤에는 아예 나가지도 못하게 하고 용돈도 줄이고 그
랬어요. 그게 애한테는 상처였는지 저한테 이제는 잘 말
도 안 걸더라고요. 그렇게 시간이 지나 스무 살이 되자마
자 자취하겠다고 나가던 것 있죠...”

기사님께서는 아들 이야기를 하시면서 단 한 번도 아니
저를 만날 때부터 한 번도 저에게 말을 놓지 않으시며 차
분하게 말씀하셨습니다. 그런 옛 이야기가 이어지다 이윽
고 저는 기억에 오래 남을 만한 이야기를 들었습니다.

“사람이 계절이 바뀌면 말을 하지 않아도 그에 맞게 옷을
입잖아요? 그런데 전 계절은 잘 알면서 시대가 변하는 건
미처 모르고 아들이 하는 행동을 이해하지 못했어요. 아
들과 이야기를 하다 보니 제가 너무 과거에만 있었더라고

요. 바뀌는 법을 이 나이 먹고 알았네요." 하고 허허 웃으시던 게 제게는 너무나도 기억에 남았습니다.

무언가가 쿵! 하고 내 마음을 치는 것 같았습니다. 그게 무엇인지는 모릅니다.

시간이 조금 더 지나 의정부에 도착해 자전거를 내리고 기사님은 나이 든 사람 이야기를 너무 잘 들어주어서 고맙다는 감사 인사를, 저는 안전하게 데려다 주셔서 감사하고 너무 좋은 말과 시간이었다는 감사 인사를 하고 헤어졌습니다.

아마 그 꼬불꼬불하고 잿빛 머리카락을 가진 중저음의 선생님과는 다음에 만날 기회가 없을 수도 있습니다. 그렇기에 연이 닿아 기억에 남는 그 분의 마지막 말은 제가 그 분을 기억하는 수단으로 남지 않을까 합니다. 다음에 뵙는다면 제가 기억하는 그 분의 마지막 말은 무엇일까요?

이게 그분과의 짧은 연의 마지막 말이라 너무 감사했습니다.

물길

같은 하늘 아래

다른 길,

그냥 흐르다 보면

우린 한곳에서 만나게 될 것입니다

작은 틈에 빠지지 말고

뜨거운 것에 없어지지 말고

애써 흘러 주시길 바랍니다

그런 적이 있었습니다

누군가를 보며 저 사람은 뭔가 밝은 기운이 넘치는 것 같
아 말을 건넨 적.

입에서 나온 첫 말은 참 바보같이 "인상이 참 좋으시네
요."였습니다. 마치 길에서 자신이 믿는 종교를 강요하는
사람이 내밀 듯한 그런 바보 같은 말, 그게 그 사람에게
처음으로 내민 말이었습니다. 저라면 단숨에 도망을 쳤을
대사에 그 사람은 "감사합니다."라는 말로 제게 웃으며 인
사를 했던 적이 있었습니다.

그 후에도 마주치는 일이 많아졌습니다. 사실 제가 마주
치고 싶어 그 사람이 걷는 길로 걸었습니다. 그러다 보니
어느새 우리는 생각보다 가까이 지내게 되었습니다. 이야
기를 하다 보면 정말로 이렇게 선한 사람이 세상에 존재
하는구나 하는 생각이 들 정도의 사람, 옆에 있는 것만으
로도 사람을 변화시킬 수 있는 사람, 나를 되돌아보게 하
는 사람, 참 신기하고 예쁜 사람, 같이 있는 것만으로도
오늘 하루가 참 예쁘네요, 라고 말하게 하는 사람,
그래서 내가 옆에 있으면 안 될 것 같은 사람,

그런 사람이 있었던 적이 있습니다.

자존감을 높이는 법이 있어!

라고 말하며 저에게 말을 건넨 지인이 문득 생각납니다. 그는 "이건 정말 말도 안 되는 효력이 있는 것 같아."라고 동심으로 가득 찬 아이처럼 저에게 속삭이듯 말했습니다. "꿈을 작게 잡고 그것을 이루고 성취감을 높이는 것"이라는 단순한 방법을 알려 줬습니다.

'이번 달은 술을 마시지 말아야지!'보다는, '오늘 하루는 술을 마시지 말아야지!'로, '이번 해는 꼭 상업 영화 한 편 이상을 찍어야지!'보다는 '이번 해에 단편 영화를 찍더라도 좋은 인연을 많이 얻는 것!'처럼 충분히 노력만 한다면 실현이 가능한 것들로 목표를 잡는 것. 모든 타이밍과 운이 겹쳐야만 행할 수 있는 것을 두는 게 아니라 내가 할 수 있는 최선으로 이룰 수 있는 그런 것.
참 좋은 말 같습니다. 세상을 살아가는 데 꼭 필요한 요령을 하나 얻은 기분이 들었습니다. 꿈을 크게 가져야 한다는 말보다 더 저에게 다가오는 멋진 말.

사실 이 말을 들을 때 저는 충분히 어두워지고 있던 사람이었습니다. 제가 이루고 싶은 것들은 너무 멀리 있는 것 같았고 나는 점점 뒤로만 가고 있는 것 같았으며 그것들을 인정하기 싫어 제가 걸어온 길을 뒤돌아보며 지나온 날들의 가장 빛났던 기억들만 보며 앞길이 무서워 제가 만들어 놓은 인생의 재방송만 계속 틀던 그런 하루하루를 보내던 시기였습니다.

그런 저에게 자존감을 높이는 요령은 참 좋은 말로 다가 왔습니다. 더 마음에 드는 것은 그 요령을 행하려면 내가 할 수 있는 것을 최선을 다해서 해야 한다는 것, 아무것도 하지 않는다면 요령일지라도 아무것도 얻을 수 없다는 것, 참으로 좋은 조건에 있으며 나를 어느 정도 성장할 수 있게 하는 그런 좋은 것.

이 글을 당신에게 보내는 것으로 당신도 이 작은 요령이 당신의 하루하루에 깃들기를 진심으로 소원합니다.

내가 못 이룬 꿈을 이룬 당신에게

저는 여행을 많이 가 보지 못했습니다. 비행기도 한 번도 타 본 적이 없으며 배도 한 번도 타 본 적이 없습니다. 부산에 놀러가 본 적도 없으며 제주도는 항상 듣기만 하는 좋은 휴양지 같은 느낌입니다. 그 외에 사람들이 자주 부르는 노래 '여수 밤바다'의 여수도, 여름이 되면 그렇게 뜨겁다는 대구도 여행을 가본 곳이 한 손에 꼽을 수 있을 정도의 사람입니다.

한 번쯤은 저도 여행에 대한 꿈을 꾼 적이 있습니다. 군대에 있던 시절 여행 책을 읽으며 사막 사진 한 장을 보았는데, 그 모래 산을 보며 과연 죽기 전에 이 곳을 실제로 내 눈으로 볼 수 있을까? 전역을 한다면 꼭 한번 가 봐야겠다는 생각을 한 적이 있습니다. 물론 이집트는커녕 대한민국의 땅조차 여행을 갈 만한 용기가 없었습니다. 제가 여행을 간다면 무엇을 포기해야 하는지 잘 알던 사람이었기 때문입니다. 더 좋은 돈벌이가 들어올 것 같았고 내가 하는 업은 내가 쉬는 만큼 내게 타격을 줄 것 같은 두려움과 불안함 사이에서 항상 패해 왔던 사람입니다. 주위에서는 그런 것들을 내려놓고 여행을 다녀온다면 더 많고 값진 것을 얻을 수 있을 거라고 저에게 말을 하곤 합니다.

그런 말들이 하나하나 마음속에 쌓일 때 첫 해외여행을 결심했습니다. 이집트가 아닌 일본으로 갈 것이라고. 어릴 적부터 제가 보았던 만화영화는 거의 일본이 배경인 것들이니까요. 어느 만화에서 대나무 헬리콥터를 타고 날아다니는 장소도, 항상 같은 옷을 입은 5살짜리 장난꾸러기 어린이가 천방지축 휘저으며 살아가는 마을도, 카드를 마법 지팡이로 내려쳐 마법을 부리는 소녀가 다니는 학교도, 제가 보던 만화 속 세상은 대부분 일본이라는 나라였으니 한 번쯤 그곳을 보고 싶다는 마음이 생겼습니다. 친구와 용기를 내어 일본행 티켓을 끊었습니다. 5박 6일 구마모토 여행.

너무나 신이 났습니다. 그렇게 여행을 떠나기 한 달 전, 일이 생겼습니다. 제가 여행을 가는 것보다 중요하다고 생각하는 일이. 그것을 포기하고 가기에는 저는 역시 겁쟁이였나 봅니다. 그렇게 여행이라는 꿈에서 또 도망쳤습니다.

후에 시간이 지나면 저는 언젠가 무엇도 생각하지 않고 여행이라는 꿈을 꿀 수 있을까요? 지금 당장 해도 아무 문제가 생기지 않을 꿈이라는 것도 알고 있지만 참으로 저는 아직 바보인가 봅니다.

제가 아직 이루지 못한 꿈을 이룬 당신에게. 정말로 대구는 여름이 되면 뜨겁나요? 어떤 느낌인가요?

정말로 여수는 밤바다가 예쁜가요? 가슴이 벅차오를 정도로? 아니면 그냥 노래일 뿐인가요? 정말로 제주도는 이 대한민국이라는 생각이 잊힐 정도로 색다르며 눈이 멀 정도로 아름다운가요? 부산은 어떠하고 전주는 어떠하며 춘천은 어떠한가요?

사실 우리는 모두 다른 누군가가 이루지 못한 꿈을 이뤘던 사람일 수도 있을 것입니다.

한해살이풀

일 년을 살고 죽어 다시 새로운 일 년을 보내는
모습은 같은데 성장은 다르고 분위기도 다른
지난해에는 밝은 녹색을
이번 해에는 또 다른 색을
누가 본다면 "너 많이 달라졌어"라고 하겠구나

오메

오메! 그랬어?
오메! 그랬구먼!
오메! 놀랐지 뭐야~

오메

엄마라는 방언

무엇인가 깜짝 놀랐을 때 엄마야! 하는 그런 뜻

오메

항상 내 말에 오메! 하던 사람
이제는
오메! 볼 수가 없구먼!

이별을 맞이한

친구에게서 전화가 왔습니다.

평소와 같은 목소리로 헤어졌다고 씩씩하게 말을 하길래 많이 놀랐습니다. 제가 그 친구의 연애를 지켜볼 땐 정말로 진실한 사랑을 하고 있다고 보였으며 나 또한 그런 사랑을 할 수 있을까? 하는 물음을 제 자신에게 물어 본 적 있을 정도로 어여쁜 만남을 유지하고 있던 친구여서 그랬을 것입니다. 제가 감히 이별의 이유를 물어 볼 수 없을 정도로.

결국 제 입에서 나온 말은 기분은 어때? 정도가 끝이었습니다. 친구는 씩씩한 말투와 다르게 "나쁘지 않아. 그런데 후회하겠지 분명히. 앞으로 그런 인연을 만날 수도 없을 것 같고." 끝말을 영화 속 열린 결말처럼 남겨두는 말을 잊지 않았습니다. 그 퉁명스러운 목소리에선 잠시나마 슬픔이 느껴졌습니다. 그런 말 속에서 저는 왜 이별을 택한 건지 궁금했지만 물어볼 수 없었습니다. 그런데 참으로 사람이 재미있는 게 그 답은 상황이 닥치면 구태여 질문을 하지 않아도 상대방이 짐을 덜기 위해 먼저 말한다는 것입니다. 며칠이 흐른 뒤 다시 그 친구에게 전화가 왔습니다.

똑같이 씩씩한 목소리로 마치 자신은 유쾌하게 이 상황을 넘어가려는 사람처럼 하지만 대화의 내용은 썩 유쾌하지는 않았습니다. 그렇게 알게 된 이별의 이유는 저에게 있어 이해가 가지 않는 것투성이였습니다.

하나, 너무나도 소중한 사람이어서

둘, 시간이 흘러 이 사람을 싫어하게 될 상황이 올까 봐

셋, 지금까지 행복했던 기억을 추억으로만 남기고 싶어서

넷, 그 사람은 너무 착해 자기마저 버리고 자신에게 맞춰 줄 것 같아서

다섯, 잘난 것 없는 자신이 그 사람의 방향이 돼 혹여나 잘못될 것 같아서

여섯, 지금까지가 서로의 제일 행복한 순간 같아서

친구는 여러 가지 말을 했지만 이해할 수 없는 것들이 가득했습니다. 대부분은 추측으로 말하는 것 같았으며, 지금 이 순간에도 사랑하는 것 같았기 때문입니다. 하지만 친구의 목소리에는 후련함과 동시에 슬픔이 존재했으므로 저는 아무 말도 할 수 없었습니다.

아마 이 친구가 선택한 사랑의 마지막은 좋은 추억으로 남기고 예뻤던 모습으로만 간직하는 것이 최선이라고 생각 했을지도 모릅니다. 훗날 시간이 지나고 생명의 길섶에 다가가고 있을 때 "아, 그때 그 아이랑 결혼했으면 행복했을 텐데."라고 웃으며 말할 수 있는, 오래도록 간직하고 싶은 사랑의 방식일 수도 있을 것입니다.

그것은 도망일까, 아니면 다른 무엇일까 생각해 보게 됩니다.

선생님

저는 제 아버지 나이 뻘 되시는 분들께
선생님이라는 호칭을 씁니다.

아르바이트를 할 때도 선생님
길을 물을 때도
어느 집단에 가서든

저보다 인생을 많이 걸으며
장소 한 곳, 말 한마디, 한 숨, 작은 것에도
더 깊이 알거라는 생각 때문에

어느 날

저의 아버지가 저한테 물으셨습니다.
"기성아, 의사와 열사의 차이를 아니?"
모를 리가 없는 저는 대답을 했고
아버지는 우리 아들 똑똑하네 하고 웃으셨습니다.

가까이서는 아버지를 선생님이라 생각하지 못했는데

제 첫 선생님은 아버지였나 봅니다.

약이 올랐으면 합니다

제가 당신에게 쓰는 글에 약이 오르면 좋겠습니다.

지금까지의 글들은 다 당신에게 보내는 한탄의 편지였고
날 도와주세요 나의 위로가 되어 줬으면 좋겠어요 하는
저라는 섬에 갇혀 제가 보내는 SOS 구조 편지와도 같았을
테니

당신과 소통을 원하여 이 글을 보낸 것인데

아마 이 글은 소통이 아닌 당신에게로만 가는 제 한탄의
일방통행이라는 것을 저는 알고 있으니까요.

당신도 이런 제 글을 읽고 답하고 이야기하며 소통하고
싶어지길 저는 깊게 소망합니다.

그렇게 저는 또 한 번 욕심을 내어 봅니다.

당신이 저에게 지금 이 순간을 전하지 못한다는 것에 약
이 올랐으면 합니다.

그건 제 이야기를 진심으로 들어 주고 있다는 뜻이니
욕심을 내어 당신에게 이 글을 보내 봅니다.

이어폰

참으로 작으면서 큰 힘을 가진 이 현대사회의 최고의 심리적 발명품.

어딘가를 출발했을 때, 이 작은 것을 놓고 오면 아주 신기한 일이 벌어지는 것 같습니다. 갑자기 불안해지고 평범했던 하루가 큰일 날 것만 같고 속으로는 "아... 망했다." 같은, 마치 자신의 세상이 무너진 것처럼 생각하는 경우도 있습니다. 사실 이 조그마한 소리 들리는 귀마개가 무슨 힘이 있다고 집착하는 것인지. 혹시 사람들은 자신만의 세계를 가지고 싶어 하는 걸까요? 아니면 자신만이 들을 수 있는 소리에 집착하는 것일까요?

저는 아직도 잘 모르겠습니다. 항상 똑같은 출근길에 노래가 없다는 것? 항상 똑같은 지하철 안에 자신만의 TV 프로를 보지 못한다는 것? 그것 때문일까요? 잘 모르겠습니다. 하지만 한 가지 확실한 것은 그 자그마한 소리 나는 귀마개를 끼고 생활하는 게 대부분의 사람들의 일상이 되어 버렸다는 것입니다.

사실 이어폰이 없어도 세상은 바뀌는 것 없이 잘 돌아가고 평소와 똑같은 반복이지만, 그 귀마개를 놓고 온 순간 사람들은 반복되던 똑같은 일상의 분위기와 시간이 회색빛으로 변한다고, 공허해지는 그런 느낌을 받는 것일까요?

그렇게 생각하니 사랑의 끝을 본 사람과 같을 것 같다는 생각이 듭니다. 항상 같은 곳에 있었고 자신의 일상이었고 자신만이 느낄 수 있는 행복.

그런데 사랑의 끝을 맞이해 이별을 느낀 사람들도 비슷한 생각을 하지 않을까 생각을 한번 해 보았습니다. 아침이면 사랑하는 사람의 메시지를 확인하고 답장을 보내고 집을 나설 때에는 어디를 가기 위해 출발했다, 밥은 어떤 것을 먹는지 당신은 무엇을 하고 있는지 서로 간의 배려라는 이름의 사랑이 사라져 버렸을 때 공허함은 이어폰을 집에 놓고 와 생활하는 공허함이랑 비슷하지 않을까 하는 그런 생각, 자신이 사랑했던 사람과의 이별을 마주한 순간 온 세상은 아니더라도 자신의 세상이 무너지는 것처럼, 이어폰을 집에 놓고 온 순간 그 변화를 받아들이지 못해 오늘 하루가 더 꿀꿀한 것처럼

사실 두 상황의 공통점은
세상은 바뀌지 않을 뿐더러 생각보다 당신의 기분을 제외한
다른 것에서는 변화하는 게 없다는 것.
두 상황의 차이점은
단지 돈으로 살 수 없다는 것.

아닐까 하는 생각을 잠시나마 해 봅니다.

산만하다

나는 허락한 적이 없는데
거미야 너는 왜 우리 집 모퉁이에 줄을 치니

나는 허락한 적이 없는데
작은 벌레야 너는 왜 우리 집에 있니

나는 허락한 적이 없는데
모기야 너는 왜 내 피를 빨아 먹는 거니

나는 허락한 적이 없는데
찬바람아 너는 왜 문틈으로 날 찾아왔니

내가 허락한 적 없는 것들이
내 삶에는 계속 존재하는구나

문 밖을 나와

한 층 계단을 내려가 대문을 나와 꺾으면 보이는 개나리 색 벽에 사오 년 전쯤 적었던 "당신이 누군가에게 빛나는 별이기를"이라는 글자를 지나, 어릴 적 이름조차 생각나지 않는 친구의 이모가 한다던 오래된 순댓국집을 지나 항상 막걸리를 사던 편의점을 지나 역에 도착합니다.

역에 도착하면 열차가 오기 전에 오늘 하루가 어떻게 될지 생각을 해 봅니다. 하루하루 꾹꾹 눌러 담아 살아야지 마음속으로 다짐을 하지만, 발걸음을 무쇠 신발을 신은 것처럼 무겁습니다. 그 무거운 발걸음은 하루의 일과가 끝날 즈음 조금씩 가벼워집니다.

가벼운 종잇장에 제 사진 몇 개를 담아 처음 보는 사람에게 내 정보를 적어 저 자신을 영업하는 일. 또는 북적이는 동대문으로 찾아가 부족했던 재료를 사는 일. 또는 네모난 카메라를 들고 무언가를 담으러 가는 일. 또는 1호선 인천행이 아니라 소요산행을 타고 한 정거장 뒤에 내려 조금 걸어 아르바이트를 나가 술을 마시며 웃고 우는 사람들의 흔적을 치우는 일을 마칠 즈음 언제나 발걸음은 가벼워집니다. 신고 나온 무쇠 신발은 사실 걸으면 걸을수록 닳아 없어지는 것 아닐까 하는 생각을 합니다.

그렇게 다시 역에서 내려, 이제는 반대로 편의점에 가 막걸리 한 통을 사고 순댓국집을 지나 "당신이 누군가에게 빛나는 별이기를"이라는 글귀 대각선에 보이는 친형이 다른 벽면에 그린 자신의 초상화를 바라보고 꺾으면 다시 대문. 그렇게 한 층 계단을 올라 집으로 들어옵니다.

막걸리를 냉장고에 넣고 오늘은 무엇을 같이 먹을까 생각을 하며 샤워를 합니다. 샤워가 끝나면 바로 안줏거리를 만들기 시작합니다. 완성된 안주를 상에 놓고 냉장고에서 시원해진 막걸리 한 통을 꺼내옵니다. 항상 이 시간대에는 저의 가족들은 다 잠을 청하고 있고 온전히 혼자만의 술상을 펼칩니다.

옆에는 책 한 권이 있을 때도 있고 노트북을 가져와 재미있는 프로나 영화를 보며 마시기도, 때로는 아무것도 없이 혼자의 우울함을 요깃거리로 삼기도 합니다. 하루 중 유일한 나만의 시간, 그 속에서 저는 더 뒷걸음치거나 앞으로 가기도 합니다. 똑같지만 다른 생활의 반복 속에서 이 순간만이 제가 가장 저다운 모습을 보이는 짧은 시간. 그렇게 막걸리 한 통이 끝나면 이불을 펴고 누워 잠을 청합니다.

눈을 뜨면 다시,

문밖을 나와
한 층 계단을 내려가 대문을 나와
꺾으면 보이는 개나리색 벽에

당신이 누군가에게 빛나는 별이기를...

내가 눈치가 없었나 봐

라고 말하는 친구가 있었습니다. 애인과의 관계에 있어 점점 애인의 변함을 인지하지 못하고 사랑을 구애하다 갑작스레 이별 통보를 받은 친구였습니다.

내가 눈치가 없었나 봐, 하고 말하는 친구의 눈에는 물이 고여 있었고 목소리에는 설움이 가득했습니다.

사실 저는 이 친구가 개구리 같다는 생각을 했습니다. 개구리를 물에 넣고 서서히 물을 가열하면 개구리는 물의 온도 변화를 인지하지 못하고 결국에는 끓는 물에 죽는다는 것.

친구 사랑에서 이별로 가는 물의 변화를 인지하지 못하고 평소와 같이 행동하다 이별을 맞이한 게 아닌가 하는 그런 생각을 했습니다.

그렇다면 죽은 개구리가 문제일까요, 아니면 끓는점에 다다르고 있는 개구리 속 세상이 문제일까요? 사실 어느 것의 문제도 아니지 않을까요?

저는 아직까지 배우고 느낄 게 많은 사람인가 봅니다. 생각의 생각을 무는 놀이를 계속하고 있는 어린아이인가 봅니다.

새우깡을

먹고 싶어 어머니에게 새우깡을 사 달라고 졸랐지만 오늘은 안 된다는 말을 들은 아이와 이제 노래를 부를 수 없다는 선고를 받은 가수, 둘 중 누구의 아픔이 더 클지 생각을 해 봅니다.

일방적 후자라고 생각하는 것은 편견에 불과한 것 같습니다. 아이는 가수의 아픔을 공감하고 헤아릴 수 있을까요? 반면 가수는 아이의 아픔을 공감하고 헤아릴 수 있을까요?

아이는 가수의 꿈이 얼마나 절실했는지, 자신만의 우주를 잃어버린 그 아픔을 헤아릴 수 없을 겁니다. 반대로 가수는 아이를 보고 새우깡이 뭐라고 힘들겠냐는 생각을 할 수도 있을 것입니다.

사람의 아픔은 각자만이 알 수 있는 것이며 감히 누구도 그 아픔에 점수를 매길 수 없다고 생각합니다. 그렇기에 다른 누군가의 앞에서 '나는 더 힘들었어. 그건 충분히 견딜 수 있는 일이야.'라는 견해는 입 밖에 내면 안 되겠구나 하고 혼자 씨익 웃어 봅니다. 아픔은 오롯이 자신만의 것이지 않을까 합니다.

나무늘보의

무표정은 보기에는 웃는 얼굴 같다고 해서 사람들에게 귀엽고 순한 동물로 기억됩니다. 항상 웃고 있는 동물, 그렇기에 언제나 기분이 좋아 보입니다. 얼마 전까지는 아무렇지 않게 생각하던 그 기분 좋은 웃음이 한 동영상을 시청하고부터는 저주를 받은 동물 같다고 생각하게 됐습니다. 치타에게 잡아먹히는 영상이었는데 너무 충격적이었습니다. 씹어 먹혀 죽는 고통 속에서도 나무늘보의 표정은 웃고 있다는 것. 이 얼마나 큰 저주인가! 보이는 것만으로 판단하여 항상 행복한 동물이구나 하고 생각한 제가 부끄러웠습니다. 우리네 세상은 다 나무늘보일 수도 있을 것입니다.

담배를

끊은 지 3일이 되었다. 평소 하루에 두 갑은 거뜬하게 피우던 내가 담배를 끊었다고 하니, 주변 사람들과 가족들의 칭찬은 날로 더해지는 것 같다.

분명 이런 식으로 참아가다 보면 금방 끊을 수 있을 것이다. 정말 웃기게도 나의 생각 속 담배의 분포도는 점점, 아니 확실히 줄어가고 있다. 담배를 끊어가고 있다고 하기보다는 이제 담배를 끊었다고 해야겠다.

아무것도 모르는 최 대리는 "김 과장님 담배 하나 안 태우십니까?"라고 담배를 꺼내주는 척을 하며 너스레를 떤다. 장난인걸 알면서도 최 대리의 말을 들으니, 최 대리가 안쓰러워 보인다.

"이 녀석이 나이도 젊은데, 너도 끊어 인마."

최 대리는 너털웃음을 지으며 말했다.

"에이, 저도 과장 달고 나면 끊을게요."

너털웃음을 짓는 최 대리를 보니 한마디 하고 싶어졌다.

"최 대리. 이건 형으로서 하는 말인데, 인간은 말이야. 멍청해서 항상 뒤늦게 후회하더라고. 그러니까 안 좋은 건 조금이라도 빨리 끊어야 돼, 이 사람아."

최 대리는 모처럼 형이라는 단어를 듣게 되자, 주변을 살피며 말했다.

"아유, 이제 선배 덕분에 담배도 눈치 보면서 피우겠네요."

마지막까지 최 대리는 예의를 지켜 인상을 찌푸리지는 않앉지만 당황스러움은 숨기지 못했다. 나가려는 최 대리를 향해 나지막이 한마디를 더하였다.

"넌 아직 괜찮아, 최 대리."

최 대리는 뒤를 돌아봤지만, 바로 인사를 하고 문밖으로 향하였다.

일은 순조로웠다. 오늘 하루는 다른 날들보다 더 깔끔했다. 담배를 끊어서일까? 여튼 한결 몸이 가벼워 진 것 같다.

신라빌라 401호, 집이 지어진 지 오래되어 낡았지만 나에게는 최고의 안식처였다. 내가 모은 돈 일부와 은행에서 빌린 많은 돈으로 구한 나의 독립적인 첫 공간이었기 때문이다. 오늘도 매일 그래왔던 것처럼 소파에 앉아 텔레비전을 켰다. 텔레비전은 마침, 내가 좋아하는 예능 프로의 재방송을 송출하고 있다. 기분이 좋다. 매일이 요즘만 같기를...

그때였다. 그 소리가 들리기 시작한 것은. 녹슬어 어긋난 나사 덕에 환풍구의 날개가 돌아갈 때마다 삐걱삐걱 소음을 내고 있다.

-삐걱, 삐걱

환풍기 소음은 두 고막을 짓이기고 머리로 들어와 뇌 속을 표류한다. 언제부터였을까? 저 곳에서 소리가 나오기 시작한 것은. 그때부터 신경이 쓰이기 시작했다. 평소에는 들리지 않던 그 소음에 의해 온 정신이 집중되었다.

-삐걱, 삐걱

두통이 밀려온다. 왜 난 모르고 있었던 걸까. 시간은 오직 앞을 향해 걸어간다. 무서운 것은 시간에게는 사이드미러나 백미러가 있다는 것이다. 정면을 향해 가면서도 주변과 돌아온 길을 볼 수 있다는 것은 아찔하다. 주변과 뒤를 많이 의식하다 보면 앞을 제대로 볼 수 없다. 또, 다른 길이 좋아 보인다고 방향을 갑자기 틀다간 바퀴와 땅이 마찰을 일으켜 균형을 무너뜨린다.

백미러는 후회나 추억을 의미한다. 지나온 길을 보는 것. 끊임없이 이어지는 그 길은 어쩌면 가장 아름답지만, 고통스럽고, 위험하다. 후회든 추억이든 그 길에는 쉽게 매혹되기 때문이다.

※주의. 최선을 다해 정면에 집중할 것.

잡생각이 오가는 가운데 예능 프로그램이 끝났다. 다시 환풍구의 삐걱거리는 소음이 나를 거슬리게 만든다. 나사는 꽤 오래전부터 낡기 시작했을 것이다. 어쩌면 환풍구는 아직 살기 위해 발버둥치는 것일지도 모르겠다. 그렇다면 그 소음은 구조 요청의 신호일까?

아직 늦지 않은 것일까?

머리가 계속 지끈거린다. 그래서인지 지금은 오직 정면밖에 바라볼 수 없다. 지금의 나에게는 주변이나 지나온 길을 돌아볼 여유 따위는 존재하지 않는다.

80

조금 더 가고 싶다. 보지 못한 그곳을 조금이라도 더 밟아
보고 싶다.

나도 과연 늦지 않았을까?

내일은 최 대리에게 꼭 담배를 끊으라고 말할 것이다. 그
녀석은 아직 저 환풍구일지 모른다.

나는 이제 늦은 것 같다. 내 시간의 거울은 깨져 버렸으
니.

툭–
노트북을 덮었다.

친구 덕래와 카페에서 같이 이것저것 떠들면서 재미있는
이야기를 만드는 놀이를 했다.

한 시간 남짓 만든 짧은 이야기.

오늘 하루는 전날 마신 소주에 머리가 아파 깨서, 지워진
기억들을 찾으려 친구를 만나 없어진 것을 보내며 새로운
것을 채우는 그런 놀이를 했습니다.

아리랑

정선아리랑 진도아리랑 남도아리랑 밀양아리랑

아리랑은 이름인가

민수

서울의 김민수 대구의 최민수 대전의 박민수 울릉도의 정
민수

사랑으로 나타난 이름들

밤의 주인

자동차를 타고 내 다리를 편하게 하겠습니다.
비가 내려도 눈이 내려도 기상에 구애받지 않고
나만의 공간으로 달리겠습니다.
에어컨을 틀어 시원하게 가겠습니다.
철이 철을 때리는 그곳에서 창조된 모든 것들은
나를 편하게 합니다.
내 삶은 당신의 친구를 떨어트려 죽일 때에 편해집니다.
그런데도 가끔 당신을 본다고 하염없이 나아갑니다.
난 당신을 혼자로 만들겠습니다.

문

벽 하나 두고 당신과 나 둘이
한 발자국 거리를 두고 서 있었다.
벽이 여닫이인가
당신이 들어오니 내가 밀려 더욱 깊숙이 뒷걸음치고
그 깊숙한 곳에 우리가 서 있구나

어릴 적

더 파이팅이라는 만화영화를 보곤 권투선수가 되고 싶었습니다. 그 후 며칠은 마루에서 허공에 주먹질을 하며 땀이 날 때까지 몸을 이리저리 움직이며 최고의 권투선수가 되는 상상을 했습니다. 드래곤볼을 봤을 때는 혼자 양손을 모으고 열 손가락이 떨릴 정도로 힘을 모아 에너지파를 연습했고, 탐정 만화를 봤을 때는 주위에 살인사건이 일어나 제가 사건을 해결하는 그런 터무니없는 생각을 자주 했었습니다.

몸은 성장해 더 자라날 게 없는 지금도 그런 생각은 멈추지 않습니다. 오히려 행동으로까지 옮기는 결과도 발생하니까요. 짝사랑을 하는 모든 사람의 결과가 항상 다르듯, 제가 원하는 모든 것은 제가 하고 싶지만 할 수 없는 것들이 꽤 있습니다. 할 수 있는 것들 덕에 할 수 없는 일이 생기고 저는 그것에 피로함을 느끼게 됩니다.

어릴 적 상상은 꿈이고 지금의 상상은 욕심이 되어 날을 세웁니다. 당신은 제게 어릴 적으로 돌아가 다 자란 내 욕심을 정확히 보여 줍니다.

나는 오늘도 당신을 상상하고 날을 세워 당신과 나를 죽입니다.

말아 먹었다

집에 들어가면 할머니는 항상 밥은 먹었냐 물어보십니다

그럼 저는 그 말에 반동으로 반대로 질문합니다

할머니 입에서는 할미는 국에 밥 말아 먹었어

고기 있으니까 구워 먹어라

짧게 긍정을 표하고 저도 그냥 국에 밥 말아 먹습니다

그렇게 고기는 꽁꽁 얼어 잊힐 즈음

할머니와 제가 같이 먹을 때 상으로 올라옵니다

며칠을 말아 먹어야 그렇게 상에 올라옵니다

자작나무

나를 죽여 만든 것으로

당신들의 죽음을 남기고

내 죽음의 잔여물로 당신들의 죽음을 달래는 것

살아있어 당신을 살리고

죽어 당신들의 마지막까지 그 후에도 남는 것이

당신들이 원한 것입니까

영원한 학살자여 나는 그대들을 지켜야 하는 저주에 걸렸
나 봅니다

물을

썩 좋아하지 않습니다. 무더운 날 여행으로 계곡을 일부러 찾아가는 것도 바다로 가서 물놀이를 하는 것도 딱히 억지로 시간을 내어 그곳으로 향하지 않습니다. 제가 그 어여쁜 분위기와 풍경을 눈에 담는 것보다 제 두려움이 크기 때문입니다.

물속은 눈에 보이지 않아 무엇이 있을지 모른다는 두려움. 물속 세상을 인간들이 다 알기에는 역부족이라는 혼자만의 견해 때문에 그런 두려움을 만듭니다. 눈에 보이지 않는 무언가의 공포, 사실 '눈에 보이는 이 물 밖의 세상도 다 알지 못하는 것이 어떻게 다른 세상을 알고 뛰어들 수 있어?'라는 핑계를 가지고 주위에 말하기도 합니다. 그럴 때면 차라리 하늘에 큰 호수를 연결하여 물이라는 물을 죄다 빼 버려 제가 두려웠던 곳을 한 번쯤 구경하고 싶습니다.

그때는 다시 물을 채워 넣어도 무섭지 않을까요? 물속 세상을 두 눈으로 봤으니.

아마 아닐 것 같습니다. 다시 앞이 보이지 않으면 덜컥 겁을 먹는 저는 항상 그렇듯 겁쟁이니. 모든 상황 속에서 말입니다.

양평에

용문사라는 곳에 아주 커다란 은행나무가 있습니다. 살면서 이렇게 커다란 나무를 보게 될 줄이야 하는 생각이 들 정도의 아주 커다란.

처음 그 나무를 본 것은 14년 즈음 군인 시절에 우연히 용문산으로 국악 공연을 갔을 때입니다. 전우들과 공연을 끝내고 대대장님께서는 여기에 아주 아름다운 나무가 있으니 한번 보고 가자는 말에 무척이나 귀찮고 서둘러 복귀하여 생활관에 지친 몸을 눕히고 아무 생각 없이 잠을 청하고 싶다는 말을 머릿속에 억지로 욱여넣고는 "알겠습니다."라고 대답을 한 뒤 공연장에서 용문사까지의 등산을 시작했습니다.

군화와 군복은 쇠도 아닌 것이 왜 이렇게 무겁게 느껴지는지, 쳐진 몸을 이끌고 속으로 투덜대며 걷다 보니 어느새 절이 가까워졌습니다. 선두의 대대장님을 따라 걸어 엄청 큰 용문사 사대천왕을 지나 계단을 올라 앞을 보니, 정말 입이 딱 벌어질 만큼의 나무가 보이기 시작했습니다. 웅장함에 감탄한다는 말을 몸으로 느끼는 첫 경험이었습니다.

"아, 바로 복귀하지 않은 것이 정말 행운이었구나!" 속으로 말하며 하염없이 나무만 바라봤습니다. 그러다 문득 신을 믿는 절실한 사람이 신을 눈앞에서 본다면 이런 느낌일 수도 있겠구나 하는 짧은 생각을 마치고 전우들과 아쉬운 발길을 돌렸습니다. 부대로 복귀하는 걸음은 아까

전과는 사뭇 다르게 떠나기 싫은 무거운 발걸음이었습니다. 이것이 군인 시절 겪었던 웅장한 은행나무의 기억입니다.

시간이 지나 오랜만에 양평으로 가 그 은행나무를 다시 마주할 일이 생겼습니다. 첫 만남의 그 은행나무는 신화 속 하늘을 떠받치는 세계수 같은 모습이었지만, 다시 마주한 그 나무는 똑같이 커다랗고 웅장하긴 했지만 기억 속 추억됐던 마음속에서 만든 커다람과는 아이러니하게도 조금 작은 크기였습니다.
지난날의 상황이 이 나무를 더 크게 보였던 것일까? 아니면 다시 보고 싶다는 그리움이 이 나무를 크게 만든 것이었을까 하는 생각을 넣어 두고는 눈앞의 아름다움으로 인정하기로 했습니다.

1100년을 사는 동안 얼마나 많은 질문을 받으며 살았을까? 나무 한 그루가 사람의 마음을 좌지우지하는구나.
당신에게 이 글을 적는 이유는 제가 당신과도 이 나무를 찾아가고 싶어서일 것입니다.

머리카락을 뜯는

습관이 있습니다. 문득 무언가를 생각하고 있을 때면 무
의식적으로 머리카락을 당기고 뽑고 합니다. 이제는 정수
리와 이마 사이 머리카락을 만지기만 해도 아픔이 찾아옵
니다. 그 아픔이 너무 싫지만 저는 계속해서 무의식적으
로 그 아픔을 찾는 사람처럼 다시 손이 올라갑니다. 그렇
게 몇 번을 뜯다 보면 미래에 대한 공포가 찾아옵니다. 그
부분에 머리카락이 점점 나지 않는 기분이 들기에 혹여나
젊은 나이에 머리숱이 없어지지는 않을까 하는 불안감도
제게 오래된 친구처럼 찾아옵니다. 당연히 따라오는 것
같은 느낌으로 그렇게 싫으면서도 저는 다시 머리에 손을
올리고 머리카락을 쥐어 잡습니다. 도대체 뭐가 좋다고
이러는 것인지 속상할 때도 많습니다. 아픈 걸 알면서도
아닌 걸 알면서도 계속해서 하게 되는 것. 끊어야지 이제
하지 말아야지 다짐하면서 지키지 못하는 것. 그렇게 저
는 제게 상처만 주는 길을 계속해서 나아갑니다.

고둥 장조림

할머니와 오랜 시간 살면서 처음 보는 음식이 상에 올라왔다
나는 이게 어떤 음식인지 물었고
할머니는 할머니 엄마가 자주 해 줬던 거라고 했다
이십 년을 넘게 지내며 우리 생각만 하다
할머니도 오랜만에 다른 추억이 생각났나 보다

다음에는 내가 배워 봐야지 했다

부지런함과 친해지고

나태와 거리를 두어야 한다는 글에

나태와는 거리가 멀어서 할 수 있는 말이라고

답글을 달아 준 우연히 만난 친구

시간이 지나도 기억에 남는 그런 말

내가 널 다시는 못 보더라도 널 기억하게 하는 말

뉴스를 보면

좋고 행복한 일보다는 문제적이고 불행한 일을 전하는 내용이 압도적으로 높은 것 같습니다. 그건 우리가 다른 불행을 보며 좀 더 흥미를 느끼기 때문일까요, 아니면 그것을 다 같이 이겨나가자는 것일까요. 우리는 사실 행복으로 전해지는 느낌보다 불행에서 전해지는 어두움으로 성장하는 게 아닐까 하는 생각을 해봅니다.

당신이

적는 편지는, 또 일기장은 어떠한가요?
저와 비슷한 내용이 적혀있을까요?
우리는 같은 시대를 살면서 다른 세상을 겪고 있어
저와는 너무나도 다른 내용을 품고 있을까요?
당신은 편지를 쓸 때 어떠한 단어를 자주 쓰나요?
이제는 제가 당신을 궁금해합니다.

저와 당신이 우리가 되길 소원합니다.

설화 속 내용처럼

그런 이야기를 꿈꿨습니다. 하루를 만나기 위해 364일을 기다려 만나는 그런 이야기를. 닭이 울고 동쪽에 해가 뜨면 다음 만남을 기약하며 이별을 해야만 하는 진실한 사랑 이야기를, 그렇게 생각하며 하루하루 버텼습니다.

전날

맞은 편 사로에서 흐느끼는 소리를 낸 후임의 말이었습니다.

친구들과

오랜만에 모여 술 한잔하기로 했던 날입니다. 모이기 전부터 말이 많습니다. 같은 장소도 누구는 분수대라고 하고 누구는 이성계 동상이라 하며 누구는 아이스크림집이라고 합니다. 그런데도 다들 알아듣고 모여 작은 술집으로 향했습니다.

북적거리는 술집에 사람들 표정은 각기 다 다릅니다. 어떤 곳에서는 자신의 미래 계획을 얘기하거나 연애 사업을 얘기하거나 집안 사정, 나아가 언제쯤 죽을까 하는 이런 수많은 내용이 한 장소 각기 다른 곳에서 펼쳐집니다.

혼자 술잔에 술을 채우며 "아, 이래서 의정부[議政府]구나." 하며 웃었습니다. "의정부 안 의정부구나. 크큭"

그날은 우리 또한 똑같던 날이었습니다.

종이에 베인 것

표정이 바뀔 때 말수가 적어질 때
큰일도 아닌 것이 신경 쓰입니다.

아프지도 않은 것이 아픈 것 같기도 하고
모르고 있다가도 알고서부터 신경이 쓰입니다.

같이 살던 친구가

촬영장에서 참으로 선한 사람을 봤다고 한 적이 있습니다. 신기한 사람이라고, 말로 사람을 변화시킬 수 있을 것 같은 사람을 봤다고 집에 와 신이 나 말한 적이 있습니다. 누군가에게 무신경한 친구가 들떠 말하니 저도 한번은 만나보고 싶었습니다.

그렇게 몇 개월이 흐르고 그 친구와 같이 같은 촬영장에 갈 일이 생겼습니다. 단체 채팅방이 만들어지고 친구가 저를 부르며 그 분이 있다고 말했습니다. 다시 볼 수 있겠다고 우연인지 인연인지 모르겠지만 보게 돼 기쁘다며, 촬영 당일 대기실에서 친구에게 인사를 건네는 이가 들어왔습니다.

밝은 표정에 선한 눈을 가진 소녀 같은 이미지의 사람이었습니다. 촬영 동안 저희는 많은 이야기를 나누고 급격하게 친해졌습니다. 그 후 사적으로도 만나며 동료가 되었습니다. 셋이 모여 각자의 얼굴이 담긴 A4용지 크기의 프로필을 들며 이게 우리 명함인데 너무 크지 않냐는 우스갯소리를 하며, 열심히 살고 있는 것을 기억하자며 지금은 팔아버린 옛 카메라를 들고 추운 날 붕어빵을 사 먹으며 아침에 만나 저녁까지 춥다며 투덜대는 식의 만남이 이어졌습니다.

행복했습니다. 만나고 난 뒤에는 저만의 일기장에 타인에서 동료가 되기까지, 무던히 노력했던 날들이 우리에게 기회를 줄 때까지라는 글을 끄적이기도 했습니다.

어느 때에는 그런 하루를 보내고 연남동의 작은 카페를

들어갔는데 무엇을 주문하기 전 공책과 연필을 꺼내더니 자신을 보이는 대로 그려 달라는 것 아니겠습니까? 얼마나 황당한지 저는 최선을 다해서 얼굴 하나 표정 하나 열심히 그렸습니다. 완성된 얼굴은 아주 괴상망측한 도깨비 같았지만 그림 실력이 조금만 뛰어났다면 세상 최고 절세미녀로 그렸을 것이라는 생각을 마음에 집어넣는 시간이었습니다. 이윽고 그 사람은 저에게 지금까지 만나는 소중한 사람들에게 자신의 모습을 그려 달라고 하는 것이 취미라 했습니다. 100이면 100, 다 다른 모습으로 자신을 바라보는 것이 신기하다고. 그 말에 저는 "뭐야, 다 다른 그림 실력을 가진 거잖아."라고 대답은 했지만 그런 그 사람을 보곤 또 한 번 반했습니다. 나와는 다른, 배울 게 많은, 나아가 정말로 나를 성장시켜 줄 수 있는 사람이겠다 싶은 어린아이 같은 마음으로.

사실 저는 그 사람을 열 손가락에 꼽을 정도로 만난 적이 적습니다. 그럼에도 나는 당신이 아파할 때 당신 생각에 눈물을 흘릴 정도가 되고, 얼마 전 당신의 행복한 소식을 듣고 또 울었습니다. 다행이다 싶어서 가끔 연락을 주고받는 사이라도 당신은 아마 저에게 있어 얼마나 큰 존재로 박혀 있는지 모를 것입니다. 가끔 당신에게 사랑한다고 보내기도 합니다. 쓰러지지 말라고 그 뜻에는 내가 버틸 무언가가 필요해서 '나의 무언가로 남아주세요'라고 보내는 다른 말일 수도 있을 것입니다.

타인에게 말해 끝내 당신에게 닿으면 좋겠다는 제 이기적인 이 글은 읽는 사람들과 이 글을 쓰는 제가 헤아릴 수 없을 정도로 아픈, 그대에게 개인적으로 보내는 편지입니다.

그리고 오늘도 사랑한다 고백합니다.

아! 저번 글에 못 담은

번외라고 하나요? 그런 이야기가 있습니다. 친구와 별다를 것 없는 하루를 보내고 있었을 때 저희에게 한 메시지가 날아왔습니다. 그녀와 어울리지 않지만 즐거워 보이는 단어로, "너희들 다음 달 둘째 주에 뭐 하냐, 짜샤들아." 얼마나 반가웠던지요.

이 고상한 사람이 어디서 이상한 걸 듣고 왔구나. 무슨 일이지? 하고 생각하며 "따로 스케줄은 없는데?"라고 답장을 했을 땐 사실 굉장히 설렜습니다. 먼저 찾아 준 것만으로도 너무 감사한 일이니까요. 그녀의 답장은 저에게는 너무나도 색다른 말이었습니다.

"내가 좋아하는 취미가 있어. 그걸 같이하는 동료들이 있고. 그리고 이번에 그 사람들에게 내가 생각하는 소중한 사람들을 소개시켜 주면서 마음 편히 노는 자리야! 너희가 왔으면 좋겠어!"

그냥 마냥 좋았습니다. 제가 닮고 싶은 사람이 그런 자리에 초대해 주는 것만으로도 말입니다. 그렇게 그날이 찾아오고 장소에 도착해 저는 너무나도 놀랐습니다. 이태원 작은 골목, 그들이 잡은 15평 남짓한 방에 들어가자마자 저에게 "기성이", 친구에게는 "승현이"라는 명찰을 달아 주고는 반갑게 인사했습니다.

태어나서 처음 보는 광경이 입을 벌어지게 했습니다. 생각보다 많은 인원도 그리고 각기 개성이 뚜렷한 사람들이 옹기종기 모여 떠들고 있는 것이 정말 영화 속 한 장면 같았기 때문입니다. 파티의 룰도 아주 재미있었습니다. 참가비는 자기가 마실 음료! 그게 뭐가 되었든 아무것이나 챙겨 오는 것.

그녀는 참가비로 자몽 음료를 준비했고 친구와 저는 막걸리 세 통을 준비했습니다. 혹 막걸리는 너무 촌스러워 싫어하지 않을까 하는 불안감은 덤으로 챙기고 말입니다. 하지만 막걸리를 꺼냈을 때 결과는 너무나도 놀라웠습니다. 환호성이 들리고 이어 "뭐야, 일부러 종류별로 다 모은 거야?"라는 말이 끝나고 그 작은 방의 한가운데 커다란 원탁에는 소주, 위스키, 보드카, 와인이 올려져 있었습니다. "이야, 딱 맞네! 아무것도 모르는 우리가 놀기에는! 피부색만 똑같지 역시 입맛은 다 다르네!" 속으로 "뭘까!? 이 사람들 뭐지!?" 할 즈음 자기소개가 시작됐습니다.

누구는 잘나가는 엔터테인먼트 종사자였고 누구는 대한민국 알아주는 유튜버 편집자였습니다. 또 누구는 아직 알려지지 않은 가수였으며, 디지털 시대에 아날로그 사진을 추구하는 사람이었습니다. 또 제일가는 일러스트레이터가 되고 싶은 그림쟁이였으며, 우리는 꿈만 꾸는 것 같은 연기자였습니다. 그렇게 제각각의 사람들이 모여 하나하나 알아가며 대화하고 웃고 떠드는 파티는 시작됐고 금세 시간은 흘러 마지막을 향해 달렸습니다.

그때의 기억은 도화지에 참으로 예쁜 그림을 그린 추억으로 남겨졌습니다. 앞서 부지런함과 나태함에 대해 일깨워 준 지인은 이때 만난 인연입니다.

참으로 예쁜 그림이구나 싶었습니다.

마음

참으로 웃기는 편지가 하나
아주 어두운 남색 종이 위에 검은 볼펜으로 적힌 편지

일 때문에 바쁘게 잠시 지방으로 내려간다는 소식을 듣고
제가 도착할 동안 급하게 적은 편지

더군다나 밤에는 아예 보이지도 않는 편지

그 편지를 받고는 웃으면서
이 바보 같은 편지는 기억에 참 많이 남을 거야 고마워

혼자서 술을 마시며 1년 전 받은 그 편지를 다시 꺼내 봅니다.

잠들기 전

친구에게
잠들 때

혀는 어느 위치에 놔?
눈은 어디에 놔?
숨은 얼마나 마시다 뱉어 내?

질문을 던지면

친구는 무슨 소리야, 하고는
2시간 뒤 신경 쓰여 잠이 안 오잖아
화를 냅니다

이런 영양가 없는 질문에도 밤잠을 뺏는데

내가 그대에게 못 뺏길 게 무엇 있겠습니까?

향수를

자주 뿌립니다. 다른 이와 있을 때는 더욱이
이런 습관은 몇 년 전 생긴 것입니다.

몇 년 전 그 사람은 언제나 좋은 향기가 났습니다.

"향수 좋아하시나 봐요?"

그 질문에

"네, 향기 나면 좋잖아요. 사람들도 더 호감 있게 보고."

그런 말지나

나중에 그 사람을 볼 수 없게 됐을 때
길을 걷다 우연히 그 사람 향기가 나 뒤돌아봤습니다.
보이지도 않는 향기가 그 사람을 떠올리게 하는 것이 참
으로 기억에 남았습니다.

그날 이후 저는 향수를 자주 뿌립니다.

날 볼 수 없을 때 누군가 나를 그리워해 줬으면 하는 생각
에.

또 다시

잠 못 드는 시기가 찾아온 듯합니다. 너무나도 피로하고 하루의 무게가 너무도 무겁습니다.

공기마저 저를 누르는 것 같은 압박을 받을 때는 어김없이 모든 일에서 도망쳐 집에서 몸을 눕히고 푹 자고 싶다고 수없이 생각합니다. 무거운 세상을 끝내고 집에 들어와 누우면 다시 어두운 하루가 또 시작됩니다. 가볍지만 무거운 두 번째 하루

이 글을 쓰고 있는 지금 창밖으로 달이 지고 해가 나왔다고 색으로 알려 주며 두려움을 안겨 줍니다. 잠에 든다는 것은 당연한 게 아닌 축복일 수도 있을 것입니다.

지금 시계는 오전 7시 12분을 알리고 있습니다.

이제 슬슬 오늘의 첫 번째 하루를 준비해야겠습니다.

노래를 들었는데 당신이 생각났어요

노래의 가사 덕에 제가 생각난 게 아닌 목소리나 느낌이 비슷해 당신이 생각났어요, 하고 말했습니다.

그날 아무렇지도 않게 "그래요? 나중에 들어 볼게요."라고 말한 뒤 아무도 모르게 집에서 그 노래를 연습했습니다. 최대한 비슷하게 말입니다. 그리고 연습이 끝날 즈음 노래방에 갈 일이 생기면 한사코 그 노래를 꼭 불렀습니다. 칭찬을 듣고 싶었나 봅니다.

또 다른 누군가가 TV를 보는데 누구 닮은 것 같더라, 느낌 있다는 말을 들을 때면 또다시 "그래요?"하고 대답한 뒤 혼자 있을 때 그 사람을 따라 해 보거나 머리 스타일을 흉내 내 봅니다.

참으로 요상한 취미를 가진 저입니다.

저는 항상 거짓된 삶을

살아가는 것 같습니다. 키가 작아 키가 조금이라도 크면 좋겠다 하여 신발은 항상 군화 같은 워커를 신고 다닙니다. 그 속에는 저의 자존감을 설명하듯 키높이 깔창이 항상 함께합니다. 촬영장에 갈 때면 작은 체격이 누가 될까 생각하고 조금 더 잘 나오고 싶은 욕심 때문에 몸매 보정 속옷을 입기도 합니다.

그러고는 처음 본 상대에게 말합니다. "오래전부터 널 좋아했어."

저는 항상 거짓된 삶을 살아갑니다.

길을 걷다

낯선 두 명이 저를 향해 걸어왔습니다. "혼자 어디 가시나 봐요." 하며. 이윽고 "혹시 잠시 시간 있으시면..."이라는 말에 "죄송합니다." 하니 생각과는 다르게 "네." 하며 가는 것입니다.

신기하구나. 원래는 바로 안 갔을 텐데 말이야. 내가 너무 냉정하게 생겼나? 생각하며 그쪽을 다시 바라봤을 때 그분들은 기부라고 쓰여 있는 전시회 티켓을 들고 멀뚱히 서 있었습니다. 그때 "아! 내가 색안경을 끼고 있었구나." 생각하며 그분들을 향해 속죄해야겠다는 듯이 다가가 물었습니다. "실례가 안 된다면 다시 들어 볼 수 있을까요?" 하고 말입니다.

그분들은 감사하다며 자신들의 이야기를 해 주었습니다. 자신들은 같이 살아가는 사람들을 위하여 기부 목적으로 전시회를 열었다, 그 전시회의 내용은 무엇이든 '실패를 경험한 모든 것'에 관한 내용이었습니다. 설명을 다 듣고 티켓 한 장을 받았습니다.

찾아주시면 감사하겠다는 말을 듣고, 사실 그날 없는 실력으로 우리 일상을 담아보겠다고 필름 카메라를 챙겨온 저였지만 더욱더 재미있는 일이 생길 것 같은 마음에 제가 생각했던 오늘은 다음 미래로 미뤄 놓고 정해진 스케줄처럼 전시회로 발길을 돌렸습니다. 구석에 아주 작게 '실패 전시회'라고 적힌 플래카드를 보고 여기구나 싶어 계단을 걸어 2층으로 올라갔습니다.

문을 열고 혼자 들어가니 누군가가 와서 말을 걸었습니다. "혼자 오셨나요? 어떻게 오셨죠? 저희 3일 동안 혼자 오신 분은 처음이네요. 홍보를 안 하고 거리에서 갑작스럽게 초대하는 거라." 그 말을 듣고 저는 대답했습니다. "재미있어 보여서요." 말이 끝나기 무섭게 긴 종이 한 장을 주며 "이 전시회는 작은 룰이 있어요. 각 부스마다 가이드가 있으며 그곳을 지날 때마다 스티커를 붙여 오시면 됩니다. 물론 상품도 있고요!" 그 말은 저를 더 신나게 했습니다.

첫 번째 부스는 그냥 앉아서 가이드와의 소통이었습니다. 제 앞에는 고등학생 커플이 서로 손을 잡고 나란히 앉아 있었고 저는 그 뒤에 필름 카메라 하나 들고는 앉아 있었습니다.

가이드가 물었습니다. "오늘 어떤 결심을 하고 집에서 나오셨죠?" 앞에 고등학생 커플은 결심까지는 아니고 학교 가야지 하며 나왔다고 합니다. 그리고 저는 "오늘은 필름 사진을 찍어야 겠다." 하며 나왔다고 했습니다. 그러자 가이드는 말했습니다. 결심은 생각보다 크지 않다고 오늘은 이 신발을 신고 학교에 가야지 오늘은 어떤 머리를 하고 가야지 하는 이런 사소한 것조차 결심이라고. 사람들은 하루에도 여러 번의 결심을 하며 그것을 이뤄내고 또한 실패도 경험한다고.

듣고 보니 저는 오늘 필름 사진을 찍는다는 결심을 하고 나왔는데 셔터 한 번 누르지 않고 여기에 앉아 있구나, 오늘은 작은 실패를 한 것일까? 아니, 다시 집에 들어가기 전 셔터 한 번 눌러 내 눈에 담으면 오늘의 결심은 지켜

낸 것이겠구나 하는 생각을 했습니다. 그렇게 짧지만 재미있는 소통의 시간을 보내고 다음 부스로 이동했습니다.

그곳은 어여쁜 말을 적어주는 캘리그라피 부스였습니다. 자신이 좋아하는 말을 알려 준다면 예쁘게 카드에 적어 줄 테니 그냥 카드를 가지시면 됩니다, 하는 곳이었습니다. 일방적으로 선물을 받는 부스, 이것도 참 나쁘지 않았습니다.

테이블 위에는 어디서 많이 본 듯한 명언들이 예쁜 글로 적혀 있었습니다. 붓펜을 들고 있는 가이드의 "어떤 글을 적어드릴까요?"라는 질문에 저는 "정기성이라고 부탁드립니다." 말을 했습니다.

가이드는 이름을 적어달라는 분은 처음이라며 어떤 사람의 이름인지 알 수 있을까요, 라며 조심스레 저에게 물어보는데 순간적으로 뭔가 이상한 부끄러움이 생겼습니다. 당연히 제 이름이라고 알 줄 알았던 안도감에 말한 것인데 그분은 누구의 이름인지 물었으니, 그 앞에서 제가 당당히 "제 이름 석 자입니다!" 하기는 뭔가 민망한 상황이 아닐까 하는 혼자만의 걱정을 하며 작은 소리로 "제 이름입니다." 했습니다.

역시 세상은 걱정한 것만큼 불행하지 않을 걸까요? 가이드의 "그렇군요, 신기하네요. 이유가 있나요?"라는 물음에 속으로는 "바보처럼 보지 않아서 다행이다." 하며 입으로는 "그냥 글씨를 배우고 제가 한평생 썼던 이름인데 처음 보는 선생님께서는 제 이름을 어떻게 예쁘게 써 주실지 궁금해서요."라고 말했습니다. 가이드는 제 이름을 역시나 너무나도 예쁘게 써 주셨습니다. 그러고는 종이 한 장을 주시며 "혹시 한평생 쓰신 이름을 볼 수 있을까요?"
라는 부탁을 하셨습니다.

똑같은 제 이름을 왼손으로 하나 오른손으로 하나 적어
보여 드렸습니다. 참으로 웃긴 게 제가 제 이름을 써도 두
손은 다르게 움직인다는 것, 거기에 태어난 글자는 너무
나도 다르다는 것, 그리고 가이드의 글씨와 비교했을 때
정기성이라는 세 이름은 모두 같은 것이자 다른 것이라는
것. 참으로 신기했습니다. 한평생 써 온 제 이름을 처음
보는, 처음 써 보는 사람이 더 어여쁘게 만드니 말입니다.
얼마나 노력했을까요. 어떠한 단어를 적어도 예쁘게 만드
는 능력을 가지기 위해서. 그런 생각을 하며 카드를 가방
에 넣고는 다음 부스로 이동했습니다.

도착한 부스는 사람들이 생각하는 실패를 사진과 글로 전
시한 곳이었습니다. 그곳의 전시된 사진과 글을 보면서
타인이 생각하는 실패는 이런 것일 수도 있겠구나 싶다가
도, 실패를 견디면 더 강해진다는 글을 보며 실패를 겪어
서 견디지 못하면 죽음인 것인가 이곳을 떠나야하는 것인
가 그건 약한 것인가 꼭 견뎌야만 하는 것인가 하는 생각
도 들다가 그렇다면 왜 유명인들은 죽는 것일까 그렇게
유명해지기까지 수많은 노력과 실패를 경험하고 극복했
을 텐데 그렇다면 오히려 온실 속 화초가 더 강할 수도 있
겠구나 싶었습니다.

살아남는 게 강한 것이라면 계속 시련이 오는 무언가보
다, 라는 잡생각이 들 즈음 가이드가 다가오더니 "실패를
해 보신 적 있나요?" 하고 물었습니다. 정해진 규칙 없이
하고 싶은 것을 하며 사는 전 "아직은 없는 것 같아요." 말

하니 "작은 실패도요?" 하며 꼭 내 실패를 기대하는 사람처럼 다시 한번 물어보는 것입니다. "글쎄요, 작은 실패는 뭐가 있을까요?"라고 말하니 가이드는 이번 주는 금주해야지! 게임 레벨을 어디까지 올려야지 했지만 지키지 못한 것, 이런 사소한 것 이라고 자신의 견해를 말해 주었습니다.

그 말을 들으니 내가 실패라는 단어에 굉장한 무게를 달고 살았나보다. 실패는 하찮은 것일 수도 있고, 세상 무엇보다 무거운 것일 수도 있겠구나 하는 생각을 하며 또 다시 다음으로 발걸음을 옮겼습니다.

흰 배경에 빔 프로젝터를 틀고는 한 여고생이 울며 처음 보는 사람들에게 "한 번만 안아 주세요." 하는 동영상이었습니다. 영상 시청이 끝나고는 가이드가 "우리나라가 세계적으로 1등 하는 것이 있습니다. 무엇일까요?" 하는 물음에 앞에 사람들은 "청소년 자살률"이라는 정답을 내뱉고는 가이드와 이것저것 이야기를 나누고는 저희에게 힘든 학생들에게 칠판에 위로의 글을 적어 주시고 가면 된다는 말을 남기고 떠났습니다.

칠판에는 "힘내" "견딜 수 있어" "파이팅" "널 응원해" 같은 말들이 빼곡히 적혀 있었습니다. 저는 칠판에 수없이 많이 적혀 있는 "힘내"라는 단어를 쓰고는 발을 뗐습니다. "청소년 자살률 1위" 어른들이 만들어 놓은 성공으로는 아이들을 지키지 못하고 죽이는구나. 그건 실패인가 성공인가 하는 생각을 들고 말입니다.

그렇게 다른 부스들을 다니며 스티커를 다 모은 후 제출

했을 때에는 집에 돌아가면 유서를 남겨야겠구나, 했습니
다.

섞임

니트는 개인적으로 싫어

워커는 호불호가 강한데 나는 불호야

그렇게 말을 하는 당신은

싫은 것투성이로 무장한 나와 지금을 살아가고 있지 않습니까

세상에서 제일 귀한 것이 시간이라는데 말입니다

반대의 단어로 행동을 취하는 것이 섞여 지금을 만드나 봅니다

무엇이 찾아와

저를 데려간다면 그것을 탓하지 말아 주십시오.
다만 내 생명이 가득 차서 인생의 길섶에서
저와 같이 혼자 쓸쓸하지 않게 찾아온 친절한 불행이라고
생각해 주십시오. 그곳으로 향하는 걸음 동안 저는 그 불
행과 친해져 외롭지 않겠습니다. 그렇게 불행이 인도한
곳에 도착한다면 불행과 친해진 것들이 저를 반겨줄 것입
니다.

버리는 것

입술을 동그랗게 모아 나에게 다가올 때
당신과 나는 서로를 갉아 먹습니다
뜨겁게 타올라 나는 형체 없이 당신 속으로 들어갑니다
그때면 나는 한없이 초라해지고 있지만
당신을 편하게 합니다.

끊어야지 끊어야지 이제는 그만해야지
하면서 나를 찾는 것은 사랑인가요

헤어진 옛 연인의 부재중이

핸드폰 배경 화면에 떠 있는 것을 보고는 아차 했습니다. 무슨 일이 있는 것일까 아니면 그냥 심심해서 전화한 것일까 아니면 이 대낮에 술이라도 마신 걸까 하는 짧지만 복잡하게 얽힌 생각들이 스쳐 지나가고, 이윽고 저는 손가락을 핸드폰 위에 올려 그녀의 이름을 누른 뒤 통화 대기음을 들었습니다. 그녀가 무슨 이유로 전화한 것일까? 뚜- 첫 말을 어떻게 꺼내지? 뚜- 안 받으면 어쩌지? 뚜- 혹시 잘못 걸은 전화에 유난을 떠는 건 아닐까 뚜- 그렇게 통화음과 화음을 맞춰 제 생각과 노래를 부를 즈음 그녀의 목소리가 들렸습니다. 제가 기억했던 가장 아름다웠던 순간의 목소리로 말입니다. 어둡거나 속상하거나 그런 것이 없는 똘망똘망한 목소리로 "어, 오빠!" 하며 반갑게 핸드폰 너머로 인사를 했습니다. 순간 당황스럽기도 했지만 저도 반갑게 인사를 하고는 무슨 일인가 물었습니다. 그녀의 입에서 제가 상상할 수도 없는 말이 나왔습니다. "그냥 괜찮아질 즈음 안부를 묻는 건 좋다고 생각해서 전화했었어." 어찌나 그렇게 밝던지 예나 지금이나 씩씩하고 밝구나. 물론 힘들었고 괴로웠겠지만 다 견디어 더욱더 단단해진 것이겠지, 라고 생각하며 "그래서 지금은 괜찮아진 거야?"라는 물음에 "당연하지"라고 답한 그녀와 42분 15초짜리의 가장 가까웠지만 가장 멀어진 공백 속의 이야기들을 나누고 같은 모습으로 다른 도화지를 펼치는 새로운 그림이 시작됐습니다.

저라면 하지 못할 그것을 먼저 해 주었습니다.

벌써

시월이네요. 차가운 바람이 부는 계절이 다가오고 있는
게 제가 걸친 옷이 말해 주네요. 친한 친구와 일월에 각자
따로 살기 시작하면서 잡았던 작은 목표는 이뤘고, 마지
막 분기가 시작되면서 마지막으로 저에게 과분한 목표를
하나 잡았어요. 남은 세 달 동안 이 목표를 이룰 수 있을
지 아닌지 장담을 못 하겠네요. 정신없이 살아온 몇 달이
지났고 꾹- 눌러 담은 하루를 보내던 중 좋은 꽃 하나가
아닌 밤중 피어나 요즘은 참 괜찮은 일이 많이 생기네요.
후에 목표에 대한 결과가 어떻게 되든 조급해하지는 않을
수 있을 만큼

몇 년 전 쓴 이 글

십일월이 찾아왔네요. 앞으로 남은 해가 적다는 것과 지
난달이 많아 이제는 달라져 볼까 하는 생각이 많아지는
달이 달력에 모습을 드러냈네요. 가벼운 장난으로 다른
사람에게 상처를 주기도 했고 싸늘한 모습으로 상처를 주
기도 했고 아-나는 가해자인가 하는 생각도 드는 그런, 아
직도 제가 하는 일은 같은 것인데 해마다 다르게 느낌을
받는 것도 참 신기해지는 그런, 한 달 전 산 책을 몇 장 못
읽고 버려둔 것은 제가 무식해서일까 하는 그런, 요즘 제
취미에 '글쓴이야?'라고 말했던 친구 말에 글쓴인가 보다
하고 웃었던 그런, 이번 해에 나는 어떤 사람이었나 하는
그런 달에 서 있습니다. 그럼에도 여러모로 죄송한 것도

감사한 것도 있겠습니다. 아— 자고 싶다.

어제 제가 남긴 글

저는 이 시기에는 비슷한 것을 느끼나 봅니다.

빌어먹고

살고 있습니다.
누군가에게 나라는 억지를 씌우고
다른 누군가에겐 또 다른 나를 씌우고
힘들 때면 하늘에 빌어먹고
친구의 술값 계산도 가끔은 고맙다 알랑방귀도 뀌며
그렇게 빌어먹고 살고 있습니다.
빌어먹은 인생은 계속해 왔던 것 같습니다.
빌어먹을 인생이 썩- 나쁘지 않네요.

시선

색 없는 사진들을 보냅니다.

"내가 살아가는 이곳을 바라봐 주세요."

아직도 이곳에서 편지를 보냅니다.

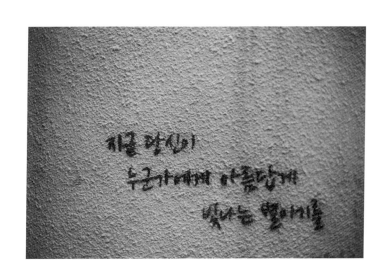

145

몇 시간

며칠

몇 주

몇 년

제가 살아왔던 세상입니다.

아- 불행이여

언제부터 옆에 있었는지
웅크리고 한 몸에서 두 몸이 생겨날 때부터인가
세상에 나와 울음부터 배운 것은
당신과 같이 나와 그런 것일까
아- 불행이여 평생을 같이해야 한다면
아- 불행이여 나를 성장시키는 것이라면
아- 불행이여 당신이 떠나고 싶을 때 더 크게 다가올 것이
라면
함께 있어 감사했습니다

사람을

몇 날 며칠을 보았는가보다 얼마나 아는가로 다가갈 것
짧아도 깊고 길어도 얕을 수 있으니 곡해하지 말 것
숨겨져 있는 것은 정면으로 바라보지 말고 비스듬히 바라
볼 것

아주 예전 적었던 글을 꺼내어 봅니다

간혹 이런 글을 다시 보면

제가 누군가에게 상처를 받았던 것인지 주었던 것인지
무책임하게도 알지 못할 때가 있습니다

아들아

주위 사람들 말에 귀 기울이거라
돈보다는 믿음으로 움직이거라
뭐든 첫술에 배부른 법은 없단다
항상 내가 무엇을 하면 상대방이 어떻게 받아들일까 생각
해 보렴
자기 생각을 억지로 강요하지 말렴
그것밖에 못 받으면 하지 마
그게 돈은 되겠니
그렇게 옷을 입으면 남들이 이상하게 볼 게 분명해
입고 나가지 마
이걸로 하루 종일을 보내니 의미는 있냐
애비 말이 맞는 거야 시끄러운 소리 하지 마

이 모두가

고향에서 타지로 아들을 도망치게 하고 사람을 믿지 못하
게 만든 한 아버지의 말이었습니다.

이제는

이렇게 살지 않을래
다른 사람 눈치 보며 내가 하고 싶은 말과 행동을 못 하는
것도
그 사람을 생각하며 나를 더 어둡게 만드는 일도
내 이득을 위해서 이것저것 계산하면서 머리 아픈 것도
남들 다 하는 걸 혼자 못 한다는 열등감으로 무리해서 하
는 것도
이제는 다 그만둘래 나 솔직히 못난 사람은 아니잖아
내가 날 못난 사람으로 만드는 것 같아 네가 예전에 한 말
있잖아
불행을 빚는 장인 같다고 나도 그런 것 같아 이제 그 장인
그만하려고 나답게 살아 보려고 오늘은 그냥 같이 먹고
놀고 가볍게 떠들다 내가 연락이 끊기면 하고 싶은 일 하
며 살러 갔구나 하고 걱정하지 말고 일단은 여기 내가 계
산할 테니 다음에 만나면 네가 쏴

그다음 날 갑작스럽게 교통사고로 세상을 떠난 친구가 마
지막으로 한 말이었습니다.

어릴 적부터

지금까지도 계속해서 꾸는 꿈이 있습니다.
예전에는 자주 시간이 들어서는 아주 가끔
그 꿈은 어떤 내용도 담겨 있지 않은 것 같습니다.
지금은 가물가물한 예전 살던 집의 장롱이 아주 가까이 보입니다.

정말 아주 가까이 이게 장롱인지도 모르게 그렇게 아주 가까운 시선으로 방을 한번 훑어보다 다시 장롱 앞으로 와 그 문을 엽니다. 그렇게 열린 문에는 예전에는 서커스 공연장인가 하고 생각했던 것이 지금은 몽골 텐트구나 하고 뚜렷하게 별칭까지 알게 된 그것이 있습니다. 의지와 상관없이 그곳을 들어가면 그릇에 시리얼이 있습니다. 초코맛 과일맛 이런 게 아닌 우리가 아는 평범한 옥수수로 만들어진 시리얼이 말입니다. 그것을 들고 한사코 먹다 보면 이제는 "이거 내가 배고플 때 꾸는 꿈인가?" 할 정도가 됩니다. 그렇게 또다시 텐트를 나가면 넓은 도로가 하나 있습니다. 2차선 도로 어디가 끝일까 생각하는 것처럼 그곳을 달리다 보면 갑자기 사막으로 바뀝니다. 그곳에서 저는 항상 잠을 깹니다. 그 이후의 상황을 꾼 적도 없습니다.

이 정도 와서는 제가 이집트를 가 보고 싶다는 것도 사막을 보고 싶다는 것도 이건 운명이 아니었을까 생각을 합니다.

비가 내리면

어릴 적은 참 귀찮고 싫기만 했습니다.
요즘은 우울하면 비를 보면서 나 대신 울어 주나 하다가
도
신날 때는 비가 땅에 부딪혀 튕기는 걸 보면서 나와 같이
춤을 추나 하며 있습니다.

그렇게 저는 어제 한 시간을 밖에서 비와 같이 춤을 추었
네요.

역겨운 하루

집으로 향하는 발걸음에는 토악질이 날 정도로 냄새가 진동할 때가 있습니다. 항상 걷던 길은 울렁이고 세 걸음 걸으면 오늘은 달이 예쁘니까 오늘은 밤공기가 좋으니까 오늘은 내 기분이 어떠하니까 핑계라도 만들어 다섯 걸음을 물러나는 짓을 합니다. 그렇게 5분 거리의 집이 한 시간이 넘는 거리로 변합니다. 꾸역꾸역 집으로 들어오면 모든 것들은 살아 움직입니다. 안방 문을 열면 주무시는 아버지와 할머니 모습에는 제 불안정한 삶을 걱정하며 여러 가지 질문을 하는 것처럼 보입니다. 작은 방문을 열면 밖에서 뭐 하고 다니냐 말하는 형이 잠들어 있고 가족들의 모습에 저는 강박을 느낍니다.

그렇게 자리에 누워 항상 잠과 싸움을 하다 보면 가족들이 일어납니다. 혹시나 제가 생각했던 두렵고 무서운 질문을 아무렇지 않게 할까 잠이 오지 않아도 자는 척을 해야 합니다.

그렇게 모두가 나가고 저 혼자 남았을 때 오늘마저 끝이구나 하며 잠자리에 들면 제 몸에서는 심한 악취가 나는 것 같습니다. 역겹도록 말이죠. 저는 제 가족의 걱정을 비릿하게 만들고 있습니다. 아— 신이시여, 이런 생각을 하는 자에게 내리는 벌인가요. 이 죄악을 어떡하면 좋습니까.

지나간 기억들이

참 예쁘게 남을 때가 있습니다. 그 당시에는 최악이고 힘들었던 기억도 시간이 지나면 웃어넘길 수 있는 그런 추억이 되기도 합니다. 그것은 사실 그 당시의 일이 사실은 아무것도 아닌 일인 것인데 그렇게 느낀 것일까요? 아니면 제가 더 성장한 것일까요? 아마 몇 년 후에도 답을 찾지 못할 것 같습니다.

오늘 조금은 슬퍼 봤습니다

술에 취해서 또는 힘들어서 또는 엄청 예쁜 것을 마주해서 또는 하루가 재미있어서 또는 갑자기 생각나서 문득

가끔 제가 연락을 하는 사람들이 있습니다.

신기하게도 그렇게 가끔이라는 단어를 쓸 정도로 자주 소통을 하지 않는 사람들을 사랑합니다. 이유는 모르게 일 년에 몇 번 연락합니다.

어젯밤 술에 취해 혼자 청승을 떨며 아는 지인에게 메시지를 보냈습니다.

번호 바꾸고 나서 첫 개인 카톡이다. 연락도 너무 뜸하고 얼굴도 벌써 1년 가까이 못 봤네. 내가 찾아가야겠다. 누나한테 자주 누나는 내가 닮고 싶은 사람이라 말했지만, 요즘은 연락이 없어 아니겠거니, 그게 아니라면 별 상관을 안 했어도 나는 아직도 일 년에 몇 번, 평생 몇 번 만나지도 않은 누나 이야기를 많이 하고 다녀. 닮고 싶은 사람이 있다고. 그러다 이틀 전에 '기성아'라는 메시지가 왔을 때 얼마나 반가웠는지 몰라. 메시지를 너무 늦게 읽고 내가 '무슨 일이야?'라고 보냈을 때는 정말 5분마다 답장이 왔을까 확인했다니깐. 내가 가장 이해할 수 없는 사람이면서 항상 생각이 드는 우리 누나, 2020년에는 건승하고 오늘 들려준 "나 멋있어졌어" 정말 좋았어. 항상 멋있어

지자, 우리.

이게 참 무슨 일인지 문장도 문맥도 모든 것이 이해할 수 없을 정도로 보내진 게 아니겠습니까? 너무 부끄러웠지만 답장은 고맙다는 말로 들었습니다.

물론 부끄러워 슬픈 게 아닌

저는 살면서 누군가가 먼저 찾아와 연락을 준 적이 있나 생각을 했지만

딱히 없어 그저 그게 조금은 슬퍼졌습니다.

정말 스트레스 받아

그렇게 말한 날이 있었습니다. 돌아온 대답은 너무나도 스트레스받게 하는 단어들밖에 없었지요. "네가 자초한 일로 네가 나에게 스트레스 받는다고 말하면 내가 기분이 좋을 것 같아? 바보같이 행동한 걸 왜 한탄하고 있어?" 그렇게 딱딱해진 문장들만 한 시간가량 받다 생각난 게 누군가에게 한탄해야 하지? 아, 맞다, 또 까먹고 있었구나. 한탄은 밖으로 내밀면 이렇게 됐지, 라는 바보 같은 생각으로 내가 잘못한 게 맞다고 단정 지었습니다. 웃기는 일입니다. 아무것도 말하지 않으면 알 수 없다고 하고 무엇을 말하면 또 짐이 늘어나는 것. 그래서 그냥 흐르는 대로 살아야지 생각하면 사람이 왜 이리 느슨하냐 말을 듣습니다. 어쩌면 좋을까요? 참 재미있습니다. 차라리 죽어버리면 이런 세상을 끝낼 텐데 하루하루 살아가고 싶습니다. 이런 게 묘미일 수도 있겠습니다.

누군가를 사랑한다면

잘 생각해 봐야 하는 것이 있는 것 같습니다. 그것이 사랑인지 아니면 그냥 자신을 채워 줄 무언가로 생각하는 것인지 이런 것들 말입니다. 대부분 사랑이라는 말로 자신을 채워 줄 무언가의 도구로 생각하는 것 같습니다. 그러다 빈자리가 생기게 하면 물어뜯을 듯 싸우며 꼭 싸우길 바랐던 것처럼 물어뜯습니다. 그런 상황이 오면 차라리 연이 닿지 않았으면, 하는 생각을 하게 됩니다. 그 상황으로 말이죠. 이해의 부족일까요, 사랑일까요, 그것도 아니라면 무의식적 흐름일까요? 그게 뭔지 참 아직도 이해할 수 없습니다. 제가 아직 사람들의 관계에 대해 성장하지 못한 것일까 생각해 봅니다.

타인과의 소통에 있어

우리는 참 많은 일을 겪어 왔고 살아왔습니다. 누군가와 말을 할 때 나에게 상처가 되고 무언가 어둠이 찾아올 것 같으면 도망치기도 하고 그 입을 닫으려 차가운 눈빛이나 보석 같은 눈물을 흘리기도 했습니다.

참 여러 가지로 그랬던 것 같습니다. 당신과 이야기는 더 이상 하고 싶지 않다는 벽을 입에 때려 박아 나를 상처받게 할 단어들이 나오는 것을 막아 버리는 것, 그렇게 지나쳐 온 날들이 많았던 기억이 납니다. 결과적으로는 그런 벽을 세우는 순간 입에서 나오는 단어뿐 아닌 그 사람과 저 사이에도 벽이 생긴다는 것을 모른 채 말입니다. 소통에 있어 일방적이란 없는 것인데 지금껏 일방적으로 벽을 치는 것에만 급급해 잃은 것이 많습니다. 그 상처와 어둠은 사실 내가 여과할 수 있는 일임에도 내가 조금 더 심적 노동을 하는 것이 싫어 차단했습니다.

그렇게 타인들은 인간관계에서 저를 여과하기 시작했습니다. 저는 이제는 여과지의 찌꺼기로 남아 그들에게 다가갈 수 없는 존재가 되어 버렸습니다. 그들이 보냈던 신호는 내가 싫어했던 단어들이 아닌 내가 꼭 알아야 하는 무엇들이었습니다. 그렇게 여과지에 남겨지고 알았습니다. 그들은 더욱더 답답했겠구나. 그들은 더욱더 힘들었겠구나.

그들의 아집인 줄 알았는데 나의 아집이었구나.

사람들이 원하는 것은

현재에 없는 경우가 더 많은 것 같습니다. 부자가 되는 것, 사랑하는 사람과 가정을 꾸리며 어여쁜 그림을 그리는 것, 사업을 성공시켜 주위의 이목을 끄는 것. 가고 싶었던 나라를 여행하는 것, 처음 만나는 사람과 처음 가 본 곳에서 뭐든지 처음인 무언가를 하는 것.

이런 것들은 미래에 있습니다. 이뤄낼 수도 이뤄내지 못할 수도 있습니다. 즉, 가지지 못하고 실패할 수도 있는 것입니다. 그래서 그런지 저는 참혹하리만치 미래보다는 과거에 가지고 싶은 게 더 많은가 봅니다. 처음 월급을 타고 무엇을 살까 고민하던, 처음 사랑을 시작해 본 처음 가 본 국내 여행, 제가 생각하는 처음들은 미래보다 과거가 많이 가지고 있고 무엇의 성공으로 기쁜 기억은 과거에 존재하며 잔인할 정도로 그 행복들을 지나 저는 이렇게 현재에 살고 다시 과거를 그리워하고 있습니다.

욕심인지 뭔지도 모를 감정들이 기억을 뒤집어 놔 나를 더 초라하게 만들 때가 있습니다. 이제는 그러지 못하는 구나, 시간이 흘렀구나, 하는 푸념만 남긴 채 말입니다.

과거로 돌아갈 수 없으니 미래의 좋은 것들을 바라며 살아보자 다짐을 해도 현실에서는 지치기 마련입니다. 사실 과거든 미래든 당장 내가 힘을 쓰고 행동해야 할 것은 현재라는 것을 알고도 말입니다.

우리는 어떠한 세상 속에 살고 있는 걸까요. 이런 게 저뿐만 아니라면 좋겠습니다. 우리는 모두 같은 현재에 살고 있으니 말입니다.

역설적이고 모순적인 이 글은

몇 년 동안 생각이 날 때마다 짧게 끄적이던 것입니다. 그 때 당시는 그것이 맞다 생각하여 적고 시간이 지나 그런 것이 싫다고 적은 것은 제가 변화한 것이겠지요.

글을 적는 이 순간도 처음 쓴 글을 보면 부끄럽고 민망하기도 합니다. 성장인지 퇴화인지 확실치는 않습니다. 글을 남기는 방식도 달라졌고 여러모로 많이 바뀐 것 같습니다.

이렇게 보면 글을 적기 시작할 때부터 지금까지 저 자신이 달라져 있다는 사실만을 유추할 수 있습니다. 계속 조금씩 달라지며 살던 시간들, 이 길지 않은 책은 저의 역사입니다.

나라는 사람이 달라지고 하루하루를 보내며 차곡차곡 과거가 된 시간 오롯이 나라서 가능했던 날들, 저는 그런 세상에 존재합니다.

나라서 살아왔던 세상
당신이라서 살아왔던 세상

같은 하늘 아래 다른 땅 위에 같은 시간을 뒤로 보내며
앞날을 맞이해야 하는 행복한 저주에 걸린 그런 세상.

난 당신을 알고 싶습니다.

저의 존재는 미미하지만 당신의 한 부분이 됐길 소원합니다.

반복되는 글 또는 단어들이 많은 게 술 취한 주정뱅이 같네요.

오늘도 고생 많으셨습니다.